KB052607

살아남은 자들

노크 | 05

홍파랑 소설

살아남은 자들

차례

프롤로그

엔리는 꼼짝도 할 수 없었다. 일곱 번, 여덟 번, 아홉 번, 칼은 멈추지 않았다. 엄마와 아빠의 모습은 살려 달라는 애원 같기도 했고 죽여 달라는 몸부림 같기도 했다. 엔리는 당장이라도 화장실 문을 열고 엄마 아빠를 구하고 싶었지만 마치 발이 바닥에 박힌 것처럼 움직이지 않았다. 엄마는 아빠가 더 이상 움직이지 않자 엔리를 향해 소리 없이 외쳤다.

'도. 망. 쳐.'

엔리가 그런 엄마의 간절한 눈빛을 눈에 담기도 전에, 그자의 칼이 엄마를 향해 파고들었다. 군더더기 없이 재빠른 칼놀림이었다. 그자는 엄마의 절규는 안중에도 없이 엄마의 볼을 마치 파내듯 그어 댔다. 검은색 제복에 장식된 빨간색 원, 그 안의 검은색 번개가 위아래로 움직였다. 칼질에 열중하는 그자를 주시하며 엔리가 문을 조심스레 연 순간이었다.

'끼이익…….'

휘둘리던 칼도, 엔리의 숨소리도 일순간 멈췄다. 엔리의 땀이 차가운 타일에 끈적하게 달라붙었다. 그는 엔리를 돌아보지도 않은 채 부드러운 목소리로 말했다.

"모든 것은 천명으로."

또다시 반복된 꿈에 엔리가 눈을 번쩍 떴다. 가파르게 뛰던 숨을 가라앉히며 주위를 돌아보자 물은 어느새 의자 다리 높이까지 차올라 있었다. 의자에서 웅크려 있던 엔리의 손끝에 넘실대는 물이 닿았다. 엔리는 목덜미의 식은땀을 닦으려다 손목에 매어 놓았던 매듭이 물에 빠진 걸 알아채고는 서둘러 손을 물속에 넣었다. 미지근한 물 속에서 꺼낸 빨간 천은 곳곳이 더러워져 있었지만 화려한 아오자이의 자수는 그대로 남아 있었다. 엔리가 손목에 단단히 매듭을 묶자 빨간 천은 마치 붉은 스카프처럼 보였다.

베란다 밖에서 미세한 빛이 들어오고 있었지만 창문을 가린 두꺼운 커튼은 방 안의 시간까지 덮고 있었다. 엔리는 의자에서 내려가 바닥을 딛고 서서 테이블 위에 올려놨던 녹슨 철근을 집어 들었다. 그러고 나서는 철근으로 물 아래 바닥을 짚으며 의자를 뗏목처럼 둥둥 움직였다. 벽을 향해 잘만 가던 의자가 갑자기 장롱에 퉁, 하고 부딪혔다.

엔리는 순간적으로 입을 틀어막았다. 그리고 위층, 그 위층, 복도, 옆집으로 귀를 기울였다.

'찍찍—.'

엔리의 눈과 쥐의 눈이 마주쳤다. 쥐는 엔리가 플라스틱 통에 받아 둔 빗물을 마시다 멈추고는 다시 한 번 찍찍댔다. 다른 소리는 아무것도 들려오지 않았다. 엔리가 쥐를 보며 힘없이 철근을 휘젓자 쥐는 알았다는 듯 물속으로 들어가서는 유유히 사라졌다.

엔리는 의자 위에 올라가 천천히 일어났다. 들어찬 물 때문에 의자가 흔들리는 탓에 앙상하게 튀어나온 엔리의 무릎이 휘청댔다. 검은색 반소매 티셔츠와 반바지를 입고 의자 위에 선 엔리의 모습은 살점 하나 남지 않은 물고기 뼈처럼 보였다. 혈기 넘치는 열일곱 살이라기보다는 피가 다 빠져나간 죽은 사람의 몸 같았다. 다시 한번 크게 휘청이던 엔리는 천천히 균형을 잡으며 장롱 위로 손을 뻗었다. 그런 다음 베트남 삿갓인 농과 나무통, 통조림, 비닐봉지를 더듬거리다가 책 한 권을 조심스럽게 가슴팍으로 가져왔다.

다시 의자에 쭈그려 앉은 엔리는 몇 번이고 물에 빠뜨려 온통 울어 있는 책을 펼쳐 들었다. 잉크가 다 번져 있는 책에는 베트남어와 한국어가 번갈아 가며 쓰여 있었다. 엔리는 종이 한 장 한 장을 보물 다루듯 소중하게 넘기다가 책 중간에 끼워 놓았던 사진을 꺼냈다. 사진을 꼭 쥐고 그 누구도 듣지 못하게 마음속으로 속삭이기 시작했다.

'어제는 통조림 하나를 건져 올렸어. 통조림이 내 방 쪽으로 들어온 거 있지? 꼭 누가 보내 준 것처럼. 어쩌면 같은 층에 다른 사람도 숨어 있는 건 아닐까? 어떤 착한 사람이……. 아냐, 착하다고 해도 먹을 걸 나눠 주진 않겠지. 통조림은 유통기한이 5년이나 지나기는 했지만 그게 어디야. 그것보다 쥐가 문제야. 먹다가 남기면 쥐가 훔쳐 먹을까 봐 통조림을 아직 뜯지도 못했어. 지방 98퍼센트 통조림이야. 엄마 아빠랑 숨어 있을

때 내가 절대 못 먹겠다고 했던 거. 이젠 이것도 없어서 못 먹어. 아니…… 이제 아무것도 없어.'

없어진 수많은 것들을 생각하던 엔리는 곧 다시 말을 이어 나갔다.

'엄마랑 아빠는 잘 있어? 우리 집에도 이렇게 물이 차올랐을까? 영광에서 서울까지 오는 동안 물에 잠긴 마을을 너무 많이 봤어. 잠기지 않은 곳을 찾기 힘들 만큼. 어쩌면 잡히지 않으려고 물 근처로만 움직여서 그런 걸지도 모르지만. 여기 성미산 아래도 한강이랑 가까워서인지 거의 다 잠겨 있어. 그 덕분에 자청단이 안 와서 난 안전해. 우리 집 뒷산이 성미산보다 더 높겠지? 엄마랑 아빠는 아직 잠기지 않았지?'

엔리는 눈에 고인 눈물을 쓱쓱 닦아 내고 다시 책을 펼쳐 들었다. 잉크가 번지고 쭈글쭈글해진 글자를 손으로 짚으며, 작은 목소리로 단어를 따라 읽었다.

"쎄…… 부잇트, 버스, 오 토……옷, 자동차."

성조 하나하나를 올렸다가 내렸다가 하며 베트남어를 연습하던 엔리의 눈이 갑자기 커졌다.

"뚜엔, 배."

처음으로 확신에 찬 목소리였다.

"엄마 아빠, 난 꼭 베트남에 갈 거야. 이젠 배를 탈 수 없다는 건 알아. 적어도 나 같은 베트남계 혼혈을 태워 주는 한국 배는 없겠지. 아니, 배를 타려다 자청단에 잡혀가고 말 거야. 괜찮아. 배를 못 타면 북한으로 넘어가 걸어서 베트남에 가든, 뗏목을 타고 중국으로 가 바다를 지나든 난 꼭 갈 거야. 너무 걱정 마. 내가 또 한다면 하잖아. 엄마 아빠가 절대 집 밖으로 나가지 말라고 해도 기어코 나가 버렸을 만큼……."

엔리가 사진 속 엄마와 아빠 얼굴을 문지르며 말했다.

"우선 자유청년단, 자청단 그놈만 죽이면……."

그때, 콰과광— 하고 큰 소리가 들렸다. 밖에 있던 한 건물이 무너지는 소리였다. 붕괴의 충격으로 엔리가 있는 방 안이 흔들리기 시작했다. 의자 다리까지 차올라 있던 물은 순식간에 엔리의 허리춤까지 적셔 왔다. 엔리는 철근으로 땅을 짚으며 의자에서 일어나 장롱에 매달렸다. 무너지던 건물에도 숨어 있던 이들이 있었는지 비명 소리가 주룩주룩 떨어져 내렸다.

엔리는 장롱 문을 잡은 손에 힘을 주며 생각했다. 무너진 건물에 깔려서 죽느니 그놈을 찌르다 죽겠다고.

1 물에서 본 것

기후 재앙으로 수면이 높아진 한강은 크게 넓어져 있었다. 해수면이 20미터 이상 계속해서 오르자 정부는 결국 서울을 포기하고 수도를 세종특별시로 옮겼다. 여전히 안정을 찾지 못한 사회는 전남 영광, 경북 울진과 월성, 부산 기장의 원자력발전소들이 모두 침수되어 하나둘씩 폭발 사고를 일으키기 시작하자, 걷잡을 수 없는 대혼란에 빠졌다. 원전 폭발로 인한 피폭을 피하기 위해 터전을 떠나야 했던 사람들이 한꺼번에 서울, 경기, 강원도로 몰려들었다. 사람들은 안전한 땅과 먹을 것을 위해 서로 뺏고, 죽이고, 싸워 댔다.

그 틈을 타 하늘의 명령이라는 뜻을 가진 '천명'이

이끄는 자유청년단, '자청단'이 세력을 확장하기 시작했다. 자청단은 무력으로 치안을 안정시키며 자경단으로 활동해 나가는 한편, '무임'들에게 사람들의 분노가 향하도록 했다. 이민족, 성소수자, 장애인, 노인과 같은 이들을 위대한 한민족에 기생하여 민족적 번영과 자유를 가로막는 무임승차자 취급하며 '무임'이라는 낙인을 찍어 그들을 억압했다. 자청단을 비판하거나 반기를 드는 이들 또한 공격의 대상이 되었다.

천명은 전국을 돌아다니며, 무임을 없애고 건강한 순혈 한국인들끼리 다시 하늘 아래의 이 땅을, 안전했던 한민족의 땅을 다시 순혈들만의 것으로 만들자고 연설했다. 천명은 순혈에 대한 사랑을 늘 강조하면서, 건강한 순혈 한국인의 사회에는 필요하지 않은 순혈 장애인과 노인의 불가피한 희생에 슬퍼했다. 순혈 한국인인데도 희생되어야 하냐며 반발하는 사람들도 있었지만, 그들 목소리에는 힘이 없었다. 이내 사람들은 천명의 연설을 따라다니며, 순혈들을 죽여서 물에 잠기지 않은 땅을 빼앗았다는 혼혈, 원전에서 일했거나 범죄를 저지른다는 외국인, 일부러 병을 퍼뜨린다는 성소수자, 기생충 같은 무임에게도 인권이 있다는 소리나 해 댄다는 진보 지식인들에게 분노를 표출하며 하나로 뭉쳐만 갔다.

정치권과 군부, 경찰 수뇌부까지 포섭한 자청단은 천명의 뜻을 따르지 않는 각계의 지도자들을 척결하며 곧 정부를 집어삼켰다. 천명은 서울 경복궁에 본부를 세우고 친위대의 호위를 받으며 왕처럼 전국을 통치하는 한편, 안전관리부의 관리 아래 온갖 근대식 무기를 철저히 통제했다. 창덕궁과 창경궁에는 사람들의 먹거리를 책임지는 식품안전부, 종묘에는 온갖 질병과 감염병을 총괄하는 건강안전부, 덕수궁에는 해일과 태풍 등의 위험을 조사하는 환경안전부, 서울시청에는 전국에서 거둬들인 온갖 물품들을 관리하는 에너지안전부, 경희궁에는 순혈들의 삶을 윤택하게 해 주는 생활안전부가 있었고, 서대문 수용소는 무임관리부의 산하 시설로 운영되고 있었다. 자청단의 세력권은 서울을 넘어 전국으로 퍼져 나갔고, 방사능 오염으로 사람이 살지 않는 남부 지역을 제외하면 그들의 눈이 닿지 않는 곳이 없었다. 자청단은 무임으로 인한 사회적 폐해를 막기 위해 사회로부터의 격리와 노동 교화를 추진했고, 사람들에게는 무임을 발견하거나 잡아서 오면 포상금을 주었다.

한국에 남아 있는 소위 '돈 있는' 사람들은 혼란한 와중에도 살기 좋은 안전한 곳을 찾기 시작했다. 그들보다 더 돈이 많고 권력이 있는 사람들은 이미 큰 산맥이 있는 유럽의 어느 나라나 미국으로 이주해 버린 지 오래였다. 남은 부자들은 방사능 피폭 때문에 더 이상 살 곳이 못 되는 남부 지역을 과감히 버리고 마치 조선시대로 돌아간 것마냥, 서울 사대문 안으로 들어왔다. 부자들이 사대문으로 돌아오자 과거 세종으로 천도하는 바람에 중단되었던 보와 댐 건설이 재개되었고, 사대문은 순식간에 살기 좋은 안전한 성과 같은 곳이 되었다.

해수면이 30미터 오른 지금, 가난하고 힘없는 사람들 대부분은 이 안전한 성 근처의 높은 지대에 어떻게든 발을 딛고 살았다. 사대문 근처인 불광동과 정릉 같은 곳에는 사대문에 들어가지 못한 가난한 이들이 모여 살았다. 그곳에서도 발붙일 땅을 못 찾은 이들은 뗏목 집을 짓고 물 위를 떠다니며 살고 있었다.

무임이라 불리는 이들의 상황은 더 심각했다. 무임들은 자유청년단에게 잡혀서 노예가 되거나 고문을 당하거나 목숨을 잃지 않기 위해 필사적으로 숨을 곳을 찾아야 했다. 이들이 찾은 곳은 강변의 침수된 아파트 안이었다. 불어난 물 때문에 지반이 약해진 탓에 기울어져 있는 아파트들은 이미 2, 3층까지 침수되어 있었고, 쓰레기 파도가 밀려오면 그 충격으로 무너져 내리기 십상이었다. 무임이라 불리는 이들은 그 안에서 하루하루를 버티고 있었다.

엔리도 마찬가지였다.

어둠이 찾아오자 엔리는 그 전에 닫아 놓은 창문을 한참 동안 낑낑대며 열었다. 그러곤 숨을 크게 들이마시고 열린 창문 틈 사이로 잠수해 아파트 밖으로 나갔다. 깜깜한 도시에는 머리만 남긴 채 물에 잠긴 가로등들이 그을린 성냥마냥 흉물스럽게 서 있었고 엔리의 은신처인 아파트는 3층 높이까지 물에 잠겨 있었다.

물속으로 들어온 엔리는 바닥까지 내려가 물렁한 땅바닥을 밟으며 아파트를 살폈다. 1층 아파트 입구는 여기저기에 금이 가 있었고 한쪽 벽은 철근이 다 노출되어 콘크리트 가루가 흩어지고 있었다.

엔리는 방향을 틀어 아파트 단지 바깥쪽으로 헤엄치기 시작했다. 물속에는 끊어진 전선이나 플라스틱 쓰레기, 건물 자재가 떠다녔고, 부유물들이 부옇게 시야를 가려 수영하기엔 위험했지만 엔리는 힘껏 발을 찼다. 이렇게라도 힘을 기르다 보면 그놈을 땅 위에서는 어려워도 물속에서는 해칠 수 있지 않을까 생각하며.

슈퍼마켓은 사위를 분간할 수 없게 깜깜했다. 엔리는 점내에 들어오기 전에 숨을 쉬러 다시 수면 위로 올라갔다 내려왔지만 벌써 숨이 차오르고 있었다. 먹을 것을 찾아 손끝으로 빈 진열대를 더듬거리던 엔리는 손도 대지 않았던 접시들을 떠올렸다.

그날은 엔리의 열 번째 생일이었다. 생일을 맞아 영양소 배합 통조림이 아니라 아빠와 엄마가 직접 만든 요리로 저녁을 먹기로 했다. 학교가 끝나고 집으로 달려가는 엔리의 등에 땀이 뻘뻘 났다. 신이 나서 빨리 뛴 것도 있었지만, 그해는 기온 관측 역사상 가장 따뜻한 겨울이었다. 진작 이파리를 떨어뜨렸어야 할 나무들은 여전히 푸르렀고 논밭에는 초록색 작물들이 철모르고 자라고 있었다. 그 초록색 사이에 봄이 왔다고 착각한 노란 꽃이 피어 있었지만, 엔리는 그러거나 말거나 집을 향해 신나게 뛰었다.

엔리의 그 즐거움은, 저 멀리 집이 보이기 시작할

때쯤 사라지고 말았다. 비릿한 냄새가 바람을 타고 골목으로 퍼져 나오고 있었다. 피시 소스 냄새, 엄마가 고향 요리를 할 때 꼭 넣곤 하던 그 소스 냄새였다. 엔리는 그 냄새가 싫었다.

엄마 아빠가 돌아가시기 전까지는, 엄마를 제외한 모두가 엔리를 예린이라고 불렀다. 예린이면서 엔리였던 엔리는 자신이 베트남계 사람인 게 싫었다. 엄마가 언제나 엄마의 고향인 옌바이의 '옌'과 어느 전설에 나오는 기린이라는 '리'를 합쳐서 옌리, 아니 엔리라고 부르는 것도 싫었다. 베트남 음식을 먹고 학교에 가면 애들이 무슨 냄새 나지 않느냐고 말하는 것도, 엄마를 닮아서 뭉툭한 코도 싫었다.

엔리는 집으로 가던 발걸음을 돌려 강둑으로 갔다. 수위가 한참 높아진 강은 강둑을 넘을락 말락 하고 있었다. 어둑어둑 해가 지자 앞치마를 두른 아빠가 엔리를 데리러 왔다. 아빠는 곧 비가 와서 수위가 높아질 거라며 빨리 집으로 가자고 엔리를 이끌었다. 불어오는 바람이 아빠에게서 나는 피시 소스 냄새를 사방으로 퍼뜨렸다.

식탁 위에는 이미 미역국, 밥, 김치, 생선구이, 그리고 숯불에 구운 돼지고기 요리인 분짜와 각종 재료를 넣고 싼 반쎄오가 차려져 있었다. 엔리는 분짜와 반쎄오를 보고 입이 다시 툭 앞으로 나오고 말았다.

"생일 축하해, 우리 딸."

엄마가 다정하게 생일을 축하해 줬지만 오늘따라 엔리는 엄마의 억양이 괜히 더 거슬렸다. 엔리는 베트남 음식에는 손도 대지 않고 한국 음식만 열심히 먹었다.

꼬르륵.

그날, 손도 대지 않았던 분짜와 반쎄오 접시를 생각하니 엔리 배 속이 크게 요동쳤다. 여전히 엔리 손에는 진열대의 차가운 쇠만 닿을 뿐 통조림은 흔적도 없었다. 엔리는 점점 더 숨을 참기 힘들었다. 더는 안 되겠다 싶어 슈퍼마켓을 나오던 엔리의 발끝에 딱딱한 뭔가가 닿았다. 통조림이기를 바라며 발에 닿는 물건을 집어 올려 만져 보았지만 통조림을 딸 수 있는 손잡이는 잡히지 않았다.

갑자기 주위가 환해졌다. 엔리가 통조림인 줄 알고 들어 올린 헤드 랜턴이 손안에서 불을 환하게 밝히고 있었다. 엔리가 누구에게 들키기라도 할까 봐 다급하게 랜턴의 스위치를 찾을 때, 발아래에 무언가가 보였다. 형체를 알아보기 힘든 무언가였다. 엔리는 숨이 턱 끝까지 올라오는 것을 느끼며 무언가를 향해 랜턴을 더 가까이 가져다 댔다.

사람이었다. 죽은 지 얼마 되지 않은 것처럼 보였다. 시체의 볼에는 한글로 쓰인 '무'라는 낙인이 뚜렷하게 찍혀 있었다. 엔리는 울렁거리는 속을 참으며 조심스럽게 랜턴을 슈퍼마켓 안으로 돌렸다. 빛은 열대어처럼 화려한 색의 물고기와 비어 있는 진열대, 멈춰 있는 시계, 옷가지들을 비췄다. 아니, 옷가지를 걸친 무언가였다. 죽은 사람들이었다. 물에 빠져 죽은 사람들이 살점이 다 뜯긴 채 둥둥 떠 있었다. 그들의 머리에는 헤드 랜턴이, 양쪽 발목에는 쇠사슬이 채워져 있었다.

엔리는 당장 랜턴을 끄고 발을 크게 구르며 수면 위를 향해 헤엄쳤다. 헤드 랜턴들과 부르튼 살점들, 발목을 붙잡고 있던 쇠사슬 족쇄, '무'라는 낙인이 찍힌 얼굴들이 엔리의 머릿속을 떠나지 않았다. 낙인을 보니 그놈이 엄마와 아빠의 얼굴에 칼로 저 '무' 자를 후벼 파던 모습이 떠올랐다.

수면 위로 올라오자마자 엔리는 입안 가득 차오른 위액을 토해 냈다. 달빛은 넋이 나간 얼굴로 자신의 매끈한 볼을 짚어 대는 엔리를 훤히 비췄다.

은신처가 있는 기울어진 아파트를 향해 헤엄치려던 엔리의 귀에 희미한 말소리가 들렸다. 성미산 물가에 나룻배를 세워 놓은 검은 형체들, 자청단의 말소리였다. 엔리는 쓰레기 더미 속에 숨어 눈만 빼꼼히 꺼낸 채 멀리서 들려오는 자청단의 말소리에 귀를 기울였다.

"야, 무임. 한국에 계속 빌붙어 살고 싶지? 그럼 먹을 거 건져 와. 헤드 랜턴도 주는데 지난번처럼 하나도 못 가져오면 물고기 밥이 되어서 너희 나라에 도착하게 해 줄게. 너희 나라에서는 사람도 잡아먹는다며? 미개한 새끼들. 그러니까 너희가 여기서 족쇄 차고 오늘 죽나, 내일 죽나 하고 있지. 너희는 미래가 없어, 미래가. 대가리는 모자라서 한국말도 못해, 수영도 못해서 먹을 것도 못 건져, 그렇다고 깜둥이들처럼 체력이라도 좋냐, 그것도 아니야."

모자를 비뚤게 쓴 자청단 단원 하나가 건들거리며 말했다. 검은색 제복과 모자에는 자청단을 상징하는 마크가 장식되어 있었다. 하늘을 상징하는 빨간색 동그라미 안에 하늘의 명령을 상징하는 번개가 그려진 마크였다.

“번호!”

덩치가 큰 다른 자청단 단원이 크게 외쳤다. 그러나 돌아오는 답은 없었다.

“번호 대라고! 몇 명이야! 넘버. 넘버!”

덩치 큰 단원이 다시 크게 소리쳤다. 그러자 하나, 둘, 셋……. 숫자가 작게 들려왔다. 목소리의 주인들은 어리거나 늙은 사람들이었다. 키가 크고 키가 작은 사람들이 어눌하거나 어눌하지 않은 목소리로 숫자를 말했다. 숫자는 여덟에서 멈췄다.

“여덟. 너희 먹을 거 없이 밖으로 올라올 생각하지 마. 그냥 거기서 죽어. 물고기들이라도 배 터지게 먹게 물속에서 죽으라고.”

덩치 큰 놈이 위협적으로 말하며 사람들을 발로 차 물속으로 밀어 넣었다. 풍덩, 풍덩, 하는 소리가 정확히 여덟 번 들렸다. 사람들 발목에 찬 쇠사슬이 물에 잠기며 파도가 얕게 일자, 엔리는 미지근한 물 속에서도 한기를 느꼈다. 빨리 은신처로 돌아가려고 물속으로 들어가던 엔리 귀에 익숙한 이름이 들렸다.

“무임 저것들 그냥 다 죽여 버릴까? 소장님한테는 무임들이 죽어 버려서 먹을 거 못 구했다고 하고.”

"소장님이 그러려니 할 것 같아? 이수 소장님이 어떤 사람인데. 무임도 죽이고 우리도 죽여 버릴걸. 쓸데없는 생각 그만하고 다른 무임 새끼들은 좀 건졌는지 보고 오자. 이번 주에는 창덕궁에 보낼 할당량을 무조건 채워야 돼. 우리라도 이수 소장님한테 죽지 않으려면."

이수. 그놈의 이름이다. 엔리는 이수에 대한 정보를 더 얻기 위해 자청단 단원들이 있는 곳 가까이로 헤엄치기 시작했다. 엔리의 귓가에 이수의 웃음소리가 맴돌았다. 엄마 아빠를 몇 번이고 찔러 대던 감정 없는 몸짓, 오랫동안 고통을 주려고 최선을 다하던 이수는 살인을 즐기고 있었다. 엔리는 이수의 이름을 잘근잘근 씹으며 물살을 갈랐다. 그러나 엔리가 성미산 흙에 닿았을 때는 자청단 단원들도 나룻배도 이미 사라지고 없었다.

2 굶주린 배

엔리는 방 안에 서서 철근을 휘둘러 보았다. 훈련을 위해서였다. 며칠 전 이수의 이름을 들은 뒤로 불가능할 것 같았던 복수가 한 걸음 앞으로 다가온 것 같았다. 그러나 엔리는 배가 고파 철근을 제대로 휘두를 힘이 없었다. 나흘 전에 지방 98퍼센트 통조림을 먹고 나서는 아무것도 먹지 못했기 때문이었다.

허벅지까지 물에 잠긴 방에 선 엔리는 철근을 내려놓고 주먹을 내질러 보았다. 빨간 천을 스카프처럼 묶은 손목은 제법 힘이 있어 보였지만, 막상 엔리가 휘두른 주먹은 물살도 가르지 못하고 흐느적거릴 뿐이었다. 발차기를 하려고 발을 물 위로 들어 올려 보았지만, 말라 비틀어진 허벅지는 물의 무게는커녕 젖은 옷과 신발의 무게도 이기지 못했다.

밤은 더 깊어졌다.

먹은 것도 없이 몸을 움직인 탓에 진이 빠진 엔리는 테이블 위에 웅크리고 앉아 옷의 물기를 짰다. 얼마 전까지 침대가 되어 줬던 의자는 등받이만 물 위로 빼꼼히 보이고 있었다. 적당한 때에 테이블로 옮겨 오길 잘했다며 안도하기도 잠시, 테이블이 엔리의 무게 때문에 물속으로 점점 가라앉았다.

엔리는 불안한 표정으로 장롱을 올려다봤다. 장롱과 천장 사이의 간격이 너무 좁기도 했지만 장롱 위에서 잘못 움직여 아래로 떨어지기라도 한다면 첨벙, 소리가 아파트 전체에 퍼질 것만 같았다.

물이 계속 차오르자 엔리는 어쩔 수 없이 장롱 위로 올라가려고 천천히 테이블 위에 섰다. 다리에 힘이 없어 위태롭게 흔들리는 바람에 방 안에 작은 파도가 만들어졌다. 엔리가 장롱 문을 잡고 위로 올라가려고 발버둥 치자, 장롱이 엔리 쪽으로 곧 쓰러질 것처럼 까딱거렸다.

엔리는 균형을 잡으며 장롱 위에 몸을 올렸다. 그

러곤 장롱 위에 올려놨던 베트남 삿갓 농을 쓰고, 비상용으로 둔 단백질 통조림과 베트남어 단어 책과 책 안의 사진까지 비닐봉지에 넣고, 엄마가 소중하게 보관했던 나무통을 어깨에 멨다.

겨우 누울 수 있는 공간을 만든 엔리는 마치 관 속에 있는 것처럼 손을 몸에 붙이고 누웠다. 엔리의 얼굴에서 고작 몇십 센티미터 떨어져 있는 천장은 아파트 입구의 기둥과 마찬가지로 군데군데가 파여 있었다. 손을 뻗어 천장의 파인 곳을 만지니 후드득하고 가루들이 떨어져 내릴 정도였다.

엔리가 시멘트 가루 때문에 터져 나오려는 기침을 참고 있을 때, 어디선가 물살을 가르는 소리가 났다. 그 소리는 엔리가 숨어 있는 집으로 점점 가까워져 왔다. 집 문 앞 복도에서 누군가 소근거리는 소리가 들렸지만 그 목소리가 너무 작아 무슨 이야기를 하는지는 도통 알 수 없었다.

엔리는 말소리를 들으며 여차하면 은신처를 빠져나갈 수 있도록 짐을 챙겼다. 짐이라고 해 봐야 나무통, 베트남어 공부 책과 통조림이 든 비닐봉지 하나뿐이었고, 그 밖엔 엄마 아오자이에서 잘라 온 빨간 천과

농, 헤드 랜턴이 전부였지만 말이다.

첨벙—.

옆집에서 무언가 물에 빠지는 소리가 들렸다. 엔리가 벽에 귀를 바짝 붙였다.

"푸읍, 살려……. 히익, 살려 주세요."

물속에 빠졌던 사람이 밖으로 고개를 빼내며 말했다.

"살려 주시기만 하면, 캑캑……. 먹을 거, 모아 놓은 거, 제가 다 드릴 테니까."

엔리 옆집에 숨어 살던 할머니였다. 젊은 여자인 괴한이 라이터를 할머니 얼굴 앞에 가져다 댔다. 퀭한 눈의 노인인 걸 확인한 괴한은 라이터를 자기 팔뚝에 질끈 묶었다. 괴한의 얇디얇은 팔뚝은 여자가 한동안 아무것도 먹지 못했음을 말해 주고 있었다.

앙상한 나뭇가지처럼 비쩍 마른 다른 남자 한 명은 할머니가 머무르는 방 안에 설치된 벽 선반으로 달려갔다. 벽 선반에는 물에 잠기지 않은 다양한 종류의 통조림 수십 개가 가지런히 놓여 있었다. 남자는 통조림 중 하나를 까서 허겁지겁 손으로 퍼먹으며 가방에 통조림을 모조리 쓸어 담았다. 통조림 때문에 가방이 무거워졌는지 남자가 잠시 휘청거렸다.

마지막 사람은 복면을 쓰고 있어 남자인지 여자인지 알 수 없었다. 서랍장을 열어 보던 그는 젖지 않은 옷과 신발이 가지런히 정리되어 있자 혀를 차며 할머니를 흘겨봤다.

"다들 이 아파트에서 지내실 텐데 몇 층에서 지내시나요? 제가 또 구해서 가져다드릴게요."

할머니가 벌벌 떨리는 목소리를 숨기며 침착하게 말했지만, 괴한 셋은 아무 말이 없었다.

"혹시 한국말을 못하시는 거면, 중국어? 아니 영어로 말할까요?"

할머니가 급하게 말을 이었다.

"그냥 죽이자. 죽여서 먹어 보는 건 어때? 자청단도 무임을 잡아다가 인육을 먹는다고 하던데 우리라고 참을 필요 있어?"

젊은 여자가 말했다.

그 소리에 엔리가 화들짝 놀라 벽에서 귀를 뗐다.

도망쳐야 했다. 엔리는 물건들을 챙겨서 장롱에서

내려갔다. 그러고는 조용히 물속으로 들어가 창문에 쳐진 커튼을 젖히고 창문을 열기 시작했다. 한참을 낑낑대며 창문을 열려고 했지만, 물 때문인지, 어딘가 고장 나 있는 건지 문이 도저히 열리지 않았다. 어느 순간부터 옆집에서는 아무 소리도 들려오지 않았다.

엔리는 어쩔 수 없이 거실로 나갔다. 거실은 방 안보다 물이 더 많이 차 있어서 금방 어깨까지 잠겼다. 최대한 물소리를 내지 않으면서 천천히 현관을 향해 헤엄쳤다.

엔리는 현관문을 조심스레 열고 캄캄한 복도로 발을 내밀었다. 그러고는 벽에 바짝 붙어서 계단을 찾으려 손발을 허우적댔다. 계단만 찾으면 잠수해서 1층까지 내려가 입구로 도망칠 생각이었다. 발이 한 단 낮은 땅을 딛자, 엔리는 짐들이 잘 있는지 확인하고선 숨을 깊게 들이마신 뒤 물속으로 들어갔다. 그러나 엔리가 물속으로 머리를 집어넣음과 동시에 누군가 엔리의 머리채를 붙잡고 물 밖으로 끌어당겼다.

엔리의 농을 벗기고 단발머리를 잡아당긴 건 옆방에 있던 복면 쓴 사람이었다. 그 옆으론 비쩍 마른 남자와 할머니를 죽이자고 말한 여자가 서 있었다. 여자는 팔뚝에 묶어 놓았던 라이터를 풀어 엔리 얼굴 앞에 바짝 대고 불을 켰다. 상처 하나 없는 엔리의 말끔한 얼굴은 곳곳이 찢어져 있는 옷과 대비됐다. 엔리는 덩치는 작았지만 얼굴은 열일곱 제 나이처럼 보이기도 했다. 여자는 엔리의 얼굴이나 행색보다는, 엔리가 목에 매고 있는 비닐봉지에 더 관심이 있는 것 같았다.

여자는 엔리의 머리카락을 잡아끌며 목에 묶인 비닐봉지를 마구잡이로 풀어 댔고, 복면 쓴 사람은 엔리의 몸을 샅샅이 수색했고, 나뭇가지처럼 마른 남자는 물속에서 엔리의 발 쪽을 살폈다. 엔리는 곧 비닐봉지 안에 들어 있던 통조림과 책, 책 안에 끼워 놓은 가족사진, 엄마의 유품인 나무통, 그리고 헤드 랜턴까지 뺏기고 말았다.

"저…… 책은 주시면 안 될까요? 아니면 그 안에 끼워 놓은 사진만이라도……."

엔리가 여자를 보며 간절히 사정했다. 여자는 콧방귀를 뀌며, 다른 두 명과 함께 약탈한 물건을 살펴볼 뿐이었다. 여자는 랜턴을 가장 반가워했고, 허깨비 같은 남자는 신나게 통조림을 가방에 넣었고, 복면을 쓴 사람은 나무통을 손에 들고선 재미있다는 듯이 살펴

보았다.

“엄마 아빠 사진은 그거 딱 하나뿐이에요. 세 분도 무임이라서 가족을 잃으셨을 거잖아요. 그럼 가족 사진이 얼마나 소중한지……”

말을 이어 가려던 엔리는 복면 쓴 사람의 갑작스러운 주먹에 배를 맞고 허리가 고꾸라졌다.

“3층 것들은 죄다 말하고 싶어서 안달이 났나.”

복면 쓴 사람이 말했다. 엔리는 배를 움켜쥐고 숨을 거칠게 내쉬었다.

“나무통 안에 든 나무 막대들 이건 장난감이냐? 오랜만에 비도 안 오겠다, 내가 같은 무임으로서 인심 좀 쓰지. 이 막대기로 물고기 한 마리만 잡아 오면 사진 줄게. 죽은 가족들 사진. 두 마리 잡아 오면 책도 준다. 단, 이 나무 막대로만 잡아 와. 혹시라도 도망갈 생각은 하지 말고. 끔찍이 생각하는 사진을 버리고 도망가진 않겠지만.”

복면 쓴 사람이 나무통을 물에 던지며 말했다. 열려 있던 나무통에서 나무 막대 여러 개가 빠져나오자 엔리는 물에 떠밀려 가는 나무통과 나무 막대들을 잡으려고 허우적댔다.

"어떻게 통조림이 아니라 사진을 달라고 하지?"

허깨비 같은 남자가 혼잣말을 했다.

"물고기 잡다가 자청단한테 잡혀가지 말고."

여자가 낄낄대며 엔리에게 외쳤다. 엔리는 그 웃음소리에 온몸의 털이 쭈뼛 서는 것을 느끼며 나무통과 나무 막대들을 낚아채 서둘러 물속으로 들어갔다. 뿌연 물 아래에 1층으로 내려가는 계단이 보였다.

3 무너진 아파트

엔리는 나무 막대를 들어 올려 제자리에서 헤엄치고 있는 물고기를 겨냥했다. 분홍빛이 도는 물고기는 여러 개로 갈라진 지느러미를 세운 채 바닥에 있는 플라스틱 상자 앞에서 빼끔거리고 있었다. 손에 들린 나무 막대에는 작은 깃대가 있어서 화살 같은 모양이었지만 어딘가 이상했다. 화살이라기엔 너무 짧았고 무엇보다도 활이 없는데 화살만 있어서 어디에 써야 하는지 알 수 없었다. 엔리는 왜 엄마가 이 나무통을 보물처럼 보관했는지 알 수 없었다. 그것도 엄마가 매일같이 기도하던 사당 바로 옆에 두고서.

물고기를 잡는 데 몇 번이나 실패한 엔리는 이번

에는 제발 성공하기를 바라며 나무 막대를 물고기를 향해 작살처럼 던졌다. 막대가 물고기에 정확히 날아가 꽂혔다. 엔리가 물고기를 들어 올리려는 그때, 갑자기 어디선가 물살이 밀려왔다. 하얀 물보라가 바다가 있는 서쪽에서부터 가까워져 왔다. 온갖 물고기들이 뒤섞여 한강 동쪽을 향해 이동하며 물보라를 일으키고 있는 게 기이해 보였다.

물고기 떼가 지나간 뒤, 분홍빛 물고기도, 꽂았던 나무 막대도 어디로 갔는지 보이지 않았다. 숨이 턱 끝까지 차오른 엔리는 더 이상 버티지 못하고 수면 위로 올라왔다.

"뭐야. 못 잡았어?"

아파트 4층에서 물 아래를 내려다보던 여자가 비아냥댔다.

"내가 이겼으니까 참치 통조림은 다 내 거네. 키키키."

허깨비 같은 남자가 여자를 약 올렸다. 남자 입가에는 방금 먹은 통조림의 흔적이 여기저기 묻어 있었다.

"재수 없는 놈. 참치 처먹고 체해서 죽어 버려라. 복면, 사진 줘 봐. 버려 버리게."

심통 난 여자가 복면을 보고 말했다. 복면이 사진을 여자에게 건네자마자 여자는 사진을 찢어 물속으로 날려 버렸다. 엔리는 '안 돼' 하고 소리 지르며 사진 조각들을 잡기 위해 황급히 팔을 뻗었다.

두 쪽으로 갈라진 사진이 수면 위로 떨어지더니 이내 물속으로 잠겨 들어갔다. 사진을 잡으려 물속을 헤집고 다니던 엔리는 갑작스럽게 들려오는 괴상한 소리에 발장구를 멈췄다. 우웅거리는 소리는 물의 진동을 타고 더 크게 들려왔다. 어디에서 나는 소리인지 살피던 엔리는 문득 물속에 물고기가 단 한 마리도 보이지 않는다는 걸 깨달았다. 어느새 2년째 물에서 생활하고 있는 엔리에게도 생소할 정도였다.

그러기도 잠시, 다시 멀어져 가는 사진을 잡으려고 엔리가 발장구를 쳤지만 사진이 쓰레기 사이로 들어가 잘 보이지 않았다. 엔리는 양발을 모아 차면서 사진을 향해 헤엄쳤다. 사진이 눈앞에서 사라지기 직전이라, 엔리가 손을 뻗어 사진을 낚아채려는 그때, 누군가 발을 끌어당겼다.

엔리는 사진이 쓰레기 사이로 엉켜 들어가는 것을 보며 발버둥 쳤다. 격한 움직임에 엔리를 잡고 있던 손이 순간 풀리자, 엔리는 그 틈을 놓치지 않고 다시 사진을 향해 발을 굴렀다. 엔리를 잡아당기던 이는 그런 엔리의 발을 쇠사슬로 묶어 끌어당겼다.

콰과광―.

거대한 무언가가 엔리 바로 앞에 떨어져 내렸다. 옥상에 있어야 할 에어컨 실외기였다. 바닥에 가라앉은 실외기가 물 먼지를 만들어 냈다. 깜짝 놀란 엔리는 다행이다 싶으면서도 뿌연 물속에서 어떻게든 사진을 찾으려고 손을 허우적거렸다.

손에 잡히는 건 아무것도 없었다. 엔리는 물속에서 울부짖었다. 벌린 입안으로 물이 들어오고 거품을 뻐끔뻐끔 뿜어 대면서도 엔리는 소리치는 걸 멈추지 않았다. 곧 숨이 막혀 와 엔리는 살기 위해서 수면 위로 헤엄칠 수밖에 없었다. 그제야 자신을 끌고 가는 자가 누구인지 보려고 했지만, 물속은 온갖 쓰레기와 부유물로 뒤덮여 있어 자신을 끌고 가는 사람이 누군지 볼 수 없었다.

정신을 잃었던 엔리가 눈을 뜬 곳은 성미산 아래 강변이었다. 물을 잔뜩 마셨던 엔리는 조용히 구역질하며 어깨에 멘 나무통에 손을 가져다 댔다. 자신을 노예로 삼으려는 자청단인지, 무언가를 뺏어 가려는 또 다른 무임들인지 모르지만 누구든지 죽여 버릴 생각이었다.

"언니, 괜찮아?"

난데없이 어린아이의 목소리가 들렸다. 돌아보니 바로 옆 물가에 작은 아이가 누워 있었다. 피부색이 어두운 아이는 밤중에도 빛나는 흰자로 존재를 드러냈다.

"언니, 머리 아파? 아니면 소리를 못 들어?"

아이가 지친 숨을 내뱉으며 말했다.

"너야? 나를 여기까지 끌고 온 게?"

엔리가 쏘아붙였다.

"응. 아파트에서 뭐가 떨어져 내리는데 언니가 계속 물속에 있길래."

아이가 뿌듯한 목소리로 답했다. 엔리는 그런 아이를 죽일 듯이 노려보며 땅 위로 기어 올라갔다.

"내가 그러든지 말든지 네가 무슨 상관이야. 난 너 때문에 세상에서 제일 소중한 걸 잃어버렸어. 내가 구해 달랬어? 왜 모르는 사람한테 물어보지도 않고 네 맘대로 날 구해, 왜! 내 발에 이건 뭐야. 쇠사슬 이거 뭐냐고!"

엔리가 소리쳤다. 숨어 지내느라 한동안 낸 적 없었던 큰소리를 냈더니 목소리가 갈라졌다. 아이는 엔리의 큰소리에 놀라 미안하다고 말하고는 엔리의 발목을 감고 있는 쇠사슬을 풀었다. 아이 키만큼 긴 쇠사슬은 이제 아이의 발목에 채워진 족쇄에만 연결되어 있었다. 엔리가 아이의 오른쪽 볼에 크게 찍힌 '무' 자 낙인을 보며 한마디를 더 하려는 때였다.

좌아악—.

무언가 밀려오는 소리가 들렸다. 강 쪽을 바라보던 아이의 눈이 공포에 휩싸여 커졌다. 엔리가 아이의 눈동자를 따라 고개를 돌려 보니 저 멀리에서, 높은 무언가가 밀려오고 있었다. 바다가 있는 서쪽에서부터 쓰레기 더미가 파도와 함께 쓸려 오는 중이었다. 바다에서 발생한 해일의 여파인 이 파도를 사람들은 쓰레기 파도라고 불렀다. 쓰레기 파도가 밀려오면 강변의 침수된 건물들은 여지없이 흔들렸고 기울어진 건물들은 무너지기 일쑤였다.

엔리와 아이는 성미산 위로 달려 올라갔다. 곧 높은 파도와 쓰레기들이 엔리와 아이가 방금까지 있었던 성미산 아랫자락을 휩쓸었다. 엔리는 두꺼운 소나무 몸통에 매달렸고, 아이는 자기 발에 채워진 쇠사슬을 소나무 몸통에 감고서는 소나무에 찰싹 붙었다.

콰과과광.

굉음과 함께 엔리가 숨어 살던 아파트가 빠르게 무너지기 시작했다. 실외기가 떨어졌던 조금 전까지만 해도 이렇게까지 될 줄 몰랐던 엔리는 속절없이 무너지는 아파트를 보니 몸이 굳는 것 같았다. 비스듬하게 기울어져 있던 아파트의 외벽이 부서져 내리며, 창문, 철근 기둥, 콘크리트가 물속으로 떨어졌다. 아파트 주위로 날리는 엄청난 먼지 사이로 사람들이 뛰어내렸다. 아파트에 숨어 살던 무임들이 떨어지면서, 무너지는 아파트 콘크리트에 부딪히고 철근에 찔려 갔다. 그중에는 다른 무임들의 먹을거리를 빼앗던 무임들도 있었다. 비명 소리가 계속됐다. 자청단에게 잡히지 않으려고 쥐보다 더 조용히 숨죽여 살아온 무임들은, 마지막 순간에는 자유롭게 소리를 지르며 죽어 갔다. 엔리는 소나무 껍질이 손톱을 파고들 만큼 소나무를 꽉 끌어안았다.

얼마나 지났을까. 파도가 잠잠해졌다. 비명 소리도 더 이상 들려오지 않았다.

"언니, 우리 다시 물에 가야 돼."

아이가 말했다. 엔리도 같은 생각을 하고 있었다. 근처에 있던 자청단 단원들도 쓰레기 파도를 피해 성미산으로 올라왔을 게 당연했다.

"왜 우리야. 난 너랑 같이 안 가."

엔리가 차가운 목소리로 말했다. 아이의 입이 뾰로통하게 튀어나왔지만, 엔리 입장에선 볼에 낙인찍힌 흑인 아이와 같이 다녀서 좋을 게 없었다. 눈에 너무 띄고 위험해서 낮에는 절대 움직일 수 없을 터였다. 얼굴에 낙인도 없고 얼핏 봐서는 한국인처럼 생긴 엔리는 이 흑인 꼬마 때문에 위험에 빠지고 싶지도, 복수에 방해를 받고 싶지도 않았다.

"나 잠수 되게 잘해. 물속에서 통조림도 잘 건져내고. 엄마랑 아빠가 그랬어, 나는 그러려고 태어난 것 같다고. 아홉 살밖에 안 됐는데 어떻게 이렇게 잠수를 잘하느냐면서 매일 칭찬했는걸? 나 때문에 많이 먹을 수 있다고 다행이라면서 그랬단 말야. 그니까 언니도 나랑 같이 다니면 잘 먹을 수 있어. 매일 배부르게 먹을 거야."

아이가 말했다. 나흘째 쫄쫄 굶은 엔리는 귀가 솔

깃해져, 아이가 정말 통조림을 잘 건지는지 시험해 볼 필요는 있겠다고 생각했다. 은신처도 사라진 마당에 먹을 것도 없이 버텨 낼 자신이 없기도 했다. 애가 한 말이 거짓말이면 떼어 놓고 가 버리면 될 테고 말이다.

"너, 하루에 통조림 하나씩 건져 낼 수 있어?"

엔리가 아이에게 물었다.

"당연하지. 두 개도 찾아올 수 있어."

아이가 어깨를 으쓱하며 답했다.

"그럼 당분간 같이 다녀 주지 뭐."

엔리가 선심 쓰듯 말했다.

"좋아! 언니, 내 이름은 아주아야. 언니 이름은? 우리 어느 쪽으로 갈 거야? 나는 북쪽에서 내려왔는데 그쪽은 자청단이 있어서 위험해. 그 사람들은 정말 무서운 사람들이야……. 언니, 우리 동쪽으로 갈까? 난 태어나서 지금까지 동쪽으론 한 번도 안 가 봤어. 아니 서쪽도 한 번도 안 가 봤어. 언니는 가 봤어? 근데 언니는 몇 살이야?"

아주아가 잔뜩 신이 난 목소리로 재잘대기 시작했다. 앞장서 산을 내려가던 엔리는 자신의 목에 걸려 있던 농을 벗어 아주아에게 씌워 주며 무심히 말했다.

"곱슬머리랑 얼굴의 '무'는 가려야 될 거 아냐."

그 말에 아주아는 고맙다며 폴짝 뛰었다. 엔리는 아주아에게 같이 다녀 주겠다고 말한 것을 곧장 후회했다.

4 뗏목 집

아주아는 통조림을 찾으러 물속 깊은 곳을 향해 내려갔다. 엔리가 같이 북쪽으로 갈 게 아니면 혼자 가라고 매정하게 말한 탓에, 기껏 도망쳐 온 북쪽을 향해 헤엄치고는 있었지만 왜 하필 북쪽인지는 이해할 수 없었다. 그러나 아주아는 위험하더라도 엔리 옆에서 함께 헤엄치고 싶었다. 엔리를 만나기 전 한 달 동안이나 혼자서 물속을 헤매며 울고만 있었기 때문에 다시는 혼자가 되고 싶지 않았다.

아주아는 바닷속을 유영하는 고래처럼 팔과 다리를 크게 움직이지 않아도 앞으로 쭉쭉 뻗어 나갔다. 발목에 차고 있는 쇠사슬은 아무런 문제도 되지 않는 것 같았고, 자청단이 준 검은색 고무 잠수복은 몸을 더 자유롭게 움직이게 했다. 성미산에서 뛰어 내려오는 그 짧은 거리 동안 세 번이나 넘어졌던 것과는 전혀 다른 모습이었다. 한 마리의 새끼 고래 아주아가 보람찬 얼굴로 통조림을 들고 수면 위로 올라왔다.

새벽이 밝아 오는 시간, 강에는 짙은 물안개가 끼어 있었다. 아주아는 아빠 엄마와 함께 있을 수 있는 유일한 시간인 해 뜨기 직전의 이 시간을 좋아했다. 서대문 수용소에 갇혀 댐 보수공사를 하던 아빠와 엄마는 아주아가 잠든 밤늦게서야 방으로 돌아왔다. 그러고는 쓰러져 잠들었다가 물안개가 끼는 새벽이 되면 다시 일어나야 했다. 아주아는 매일 엄마 아빠를 따라서 벌떡 일어나곤 했다. 아주아의 부모는 아주아가 아침에 스스로 일찍 일어나거나 말거나 시큰둥했지만, 아주아가 자청단에게 상으로 받아 온 먹을거리를 꺼내면 한순간에 얼굴의 피곤한 기색을 걷어 냈다. 물안개가 피어 있는 순간은 아주아에게는 곧 가족과 기쁨을 나눌 수 있는 시간을 의미했다.

"아주아, 너 괜찮아?"

엔리가 물었다. 아주아는 당연하다는 듯이 고개

를 끄덕였다.

"진짜? 그렇게 오랫동안 물속에 있었는데?"

엔리가 아주아를 천천히 뜯어보며 말했다. 엔리의 말대로 아주아는 한참 동안 물속에 있었던 것 같지 않게 편안해 보였고, 실제로도 아주아는 아무렇지 않았다. 머리에 쓴 농이 헤엄칠 때 뒤로 벗겨지는 게 신경 쓰이는 것 말고는 불편한 것이 없었다.

"언니, 왜 자꾸 괜찮은지 물어봐? 어제도 물어보고, 그제도 물어보고, 엊그제도 물어보고!"

물안개 때문에 아빠랑 엄마 생각이 났던 아주아가 괜히 볼멘소리를 냈다.

"신기해서 그러지. 나는 너 따라서 계속 물속에 있으려니 폐가 다 아픈데."

엔리가 아주아가 찾아온 통조림을 살펴보며 말했다. 쌀, 감자, 밀이 그려져 있는 탄수화물 98퍼센트 통조림은 유통기한이 6년이나 지나 있었다.

"폐가 많이 아파? 그럼 우선 저기 저 나무들 위에 올라가자. 근데 폐가 뭐야?"

아주아가 걱정스러운 얼굴로 물었다. 엔리는 폐에 대해서 먼저 말할지, 저건 나무들이 아니라 뗏목이라는 걸 먼저 말할지 생각하다가, 일일이 말하기 귀찮아져서 우선 뗏목을 향해 헤엄쳤다.

통나무를 이어 만든 뗏목은 이음새로 쓴 줄이 거의 닳았지만, 둘에겐 훌륭한 쉼터였다. 11월이어도 수온은 25도를 넘었지만 오랫동안 물속에 있다 나온 아주아는 몸을 오들오들 떨고 있었다. 물이 뚝뚝 떨어지는 아주아의 젖은 머리가 한층 더 곱슬거렸다.

“언니는 엄마랑 아빠 안 보고 싶어? 난 너무 보고 싶어. 우리는 이 시간에 꼭 같이 밥 먹었다? 엄마랑 아빠는 해 뜨면 농사일을 하러 가고, 저녁에는 댐 보수공사를 하러 갔거든. 그래서 같이 있을 수 있는 시간은 해 뜨기 바로 직전인 이때뿐이었어. 언니 엄마랑 아빠는 어디 계셔? 우리 엄마 아빠는……”

아주아의 목소리가 점점 힘이 없어지더니 뚝 멈췄다.

“너 때문에 물속 쓰레기 더미에 계시지. 그리고 좀 조용히 해. 자청단이라도 지나가면 어떡하려고 그래.”

엔리가 손잡이가 뜯어지고 없는 탄수화물 통조림을 살펴보며 말했다. 엔리는 등에 메고 있던 나무통을 열어 화살처럼 보이는 나무 막대를 꺼내 통조림을 열어 보려고 했지만 나무 막대는 힘없이 부서지기만 했다.

"사진은 미안해. 난 그것도 모르고……. 언니가 너무 위험해 보여서 그런 거야."

아주아가 잔뜩 풀이 죽어 말했다.

"됐어. 너한테 무슨 잘못이 있어, 다 자청단 때문이지. 자청단이 아니었으면 엄마랑 아빠가 돌아가시지도 않았을 거고, 난 집에서 도망치지 않아도 됐을 거고, 그 사진을 보물처럼 생각하지도 않았겠지. 자청단, 그놈만 아니었으면 적어도 우리 가족은 우리 집에서 잘 살고 있었을 거라고. 우리 집은 산 위에 있어서 안 잠겼을 테니까."

엔리가 분을 참지 못하며 말했다.

"언니 집은 남쪽에 있는 거 아니야? 어른들이 남쪽 땅은 모두 안전하지 않다고 그랬어. 방사능인가 뭔가 하는 게 다 퍼졌다고."

아주아가 비밀을 말하듯 속삭였다.

"우리 집은…… 됐다. 어린애랑 내가 무슨 이야기를 하겠어. 이 통조림이나 좀 열어 봐."

남쪽 바닷가의 작은 도시, 영광이 고향인 엔리는 황급히 말을 돌렸다. 통조림을 받아 든 아주아는 고무 잠수복의 지퍼를 내려 걸고 있던 목걸이를 꺼냈다. 그러곤 자기 손바닥만 한 펜던트를 돌렸다. 펜던트가 칼 모양이 되자 아주아는 이미 수없이 해 본 듯 칼로 능숙하게 통조림을 열었다.

고소한 냄새가 사방에 퍼졌다. 엔리가 통조림에 손을 넣자, 죽처럼 묽은 탄수화물 덩어리가 잡혔다. 하얀색 덩어리를 입에 넣은 엔리는 온몸이 짜릿해져, 마음 같아선 탄수화물을 입속에 잔뜩 넣고 한꺼번에 먹고 싶었다. 그렇게 하면 이수도 단숨에 무찌를 수 있을 것만 같았다.

"언니, 근데 이게 감자 맛이야? 아님 쌀 맛이야?"

입안 가득 탄수화물을 머금고 향긋한 냄새를 즐기던 아주아가 물었다.

"쌀 향에 좀 더 가까운 것 같은데. 너 쌀이나 감자를 한 번도 안 먹어 봤어?"

엔리가 물었다.

"엄마 말로는 아기였을 때는 먹었대. 근데 무슨 맛이었는지 기억이 안 나. 서대문 수용소에선 매일 통조림으로 끓인 죽만 먹었거든."

"나도 난데 너도 참 안됐다. 난 그래도 집에서 밥

도 먹고 했는데. 엄마랑 아빠랑 같이……. 언젠가 엄마, 아빠 얼굴을 잊어버리진 않겠지?"

"언니, 걱정 마. 내가 그려 줄게."

아주아가 다부진 표정으로 말했다.

"그것도 좋지만 잊어버리기 전에 부모님을 죽인 그 놈을 찾아야 돼. 찾아서 복수할 거야."

엔리가 주먹을 불끈 쥐었다.

"복수가 뭔데?"

아주아가 물었다.

"복수? 죽이는 거야."

"그럼 안 좋은 거잖아."

아주아가 눈을 껌벅, 하며 말했다. 그 눈빛이 터무니없이 순수해 엔리는 순간 말을 잃었다.

"어쨌든 복수를 끝내고 나면 엄마가 태어난 베트남으로 갈 거야. 엄마 아빠를 죽인 이런 땅에 계속 있고 싶지 않아."

엔리가 빈 통조림을 물속으로 던지며 거칠게 말했다. 냄새를 맡은 물고기들이 통조림에 달라붙었다.

"언니, 복수하지 말고 그냥 베트남으로 가면 안 돼? 헤엄쳐서 가면 되잖아."

아주아가 헤엄치듯 팔을 공중에 휘저으며 물었다.

"베트남이 얼마나 먼데. 난 너처럼 오랫동안 물속에 있으면 폐가 아파서 안 돼. 이런 뗏목을 타고 가는 거면 몰라도."

엔리가 뗏목 아래에서 헤엄치는 물고기들을 보며 답했다.

"우리 그럼 뗏목 타고 가자. 근데 폐가 아프다는 게 뭐야?"

"폐? 폐는 배 속에 있는 거야. 숨 쉬는 게 힘들면 배꼽보다 더 위 어딘가가 아프다는 느낌이 들 거야. 코도 아프고 목도 아픈데 폐도 아파. 폐가 아프면 바로 물 위에 올라와야 돼. 안 그러면 죽으니까."

엔리가 진지한 목소리로 말했다.

그때였다. 어디선가 나타난 하얀 불빛이 안개를 뚫고 깜박거렸다. 무언가를 찾는 듯한 집요한 불빛이었다. 검은색 제복을 입은 자청단 단원 두 명이 나룻배를 타고 엔리와 아주아 쪽으로 다가오고 있었다. 엔리와 아주아는 동시에 뗏목에 엎드려 숨을 참았다. 불빛이 통조림에 남아 있는 음식물의 마지막 한 방울까지 먹어 대는 수십 마리의 작은 물고기들을 비췄다.

"해 뜨면 찾아도 되지 않아? 이 깜깜한 밤에 깜둥이가 보이겠냐고."

나룻배 오른쪽에서 노를 젓던 자청단 단원이 투덜댔다.

"서대문에서 도망갔다가 안 잡힌 건 개밖에 없다잖아. 빨리 잡아서 실컷 고문하다가 죽여야 돼. 그래야 다른 무임들이 탈옥을 꿈도 못 꾸지."

왼쪽에서 노를 젓던 단원이 건조한 말투로 말했다.

"아홉 살이면 키도 작을 거 아니야. 물질하다가 도망칠 만큼 수영도 잘하고, 키도 작은 아홉 살짜리 깜둥이 애새끼를 이 어두운 새벽에 찾는다는 그 생각 자체가 멍청하지 않느냐는 거지. 근데 혹시 깜둥이라서 애새낀데도 사이즈가 큰가?"

다시 오른쪽 단원이 말했다. 엔리가 미간을 찌푸리며 아주아를 힐끗 노려보자, 아주아는 자기는 모르는 이야기라는 듯 고개를 저었다.

"한국 애들보다는 크다더라. 이번에 승진해서 경복궁 본부로 들어간 박현 알지? 걔 아들이 열 살이잖아. 박현이 자기 아들은 키가 이제 130센티미터인데 지 아들보다 한 살 어린 깜둥이 여자애가 135센티미터라는 거야. 밥도 못 먹고 컸을 무임 애새끼가 왜 지 아들보다 크냐고 황당해하더라니까."

"흑인 새끼들이 크긴 커. 지금 찾는 걔네 아빠도 유명하잖아. 무임으로 잡아들이기 전에는 그 새끼한테 여자들 뺏길까 봐 걱정한 놈들이 한둘이 아닐걸. 그래서 다들 깜둥이 남자 새끼라면 잡아서 바로 그 자리에서 죽여 버리잖아."

"그러고 보면 깜둥이보단 동남아나 게이가 더 낫지. 적어도 여자들 뺏길 걱정도 없고. 뭐 어차피 지금은 다들 수용소에 갇혀 있지만."

왼쪽 단원이 히죽거리며 말했다. 엔리가 입술을 꽉 깨물고 주먹을 부들부들 떨었다.

"여자들은 동남아 쪽 여자들이 기가 막히지. 지하에 몇 달 가둬 두면 피부가 하얘져. 그럼 또 동남아 같지도 않더라니까. 신음 소리는 달라도 외모로는 동남안지 일본인지 한국인지 구별이 안 되잖아."

오른쪽 단원이 킬킬대며 말했다. 주먹을 세게 쥔 엔리의 손바닥에서 피가 나기 시작했을 때, 갑자기 단원들이 탄 나룻배가 기울어졌다. 엔리는 당장 저놈들을 물속으로 밀어 버리고 싶었지만 마치 뗏목에 발이 박힌 것처럼 몸을 움직일 수 없었다. 나룻배가 쉴 새 없이 비틀거리는데도 단원은 태연하게 중심을 잡고 바지 지퍼를 내렸다.

쫄쫄쫄—.

단원이 물에 소변 누는 소리가 들렸다.

나룻배가 가고, 곧 안개가 걷혔다.

아주아와 엔리는 여전히 뗏목에 엎드려 있었다. 자청단 단원들이 물속에 빠지도록 배를 뒤집어 버렸어야 했는데, 그러지 못하고 그 역겨운 말들을 가만히 듣고만 있었던 자신을 엔리는 참을 수 없었다. 아주아는 언제 고개를 들면 좋을지 몰라 엔리의 눈치를 보고 있었다.

"엔리 언니……."

어깨가 저려 오기 시작한 아주아가 슬며시 엔리를 불렀다.

"서대문 수용소에서 도망친 거 너지? 아홉 살짜리 흑인 여자애, 너 맞잖아."

엔리가 따져 물었다. 엔리는 아주아의 대답을 기다리지 않고 이어 말했다.

"저 새끼들이 너 잡으려고 돌아다니는 거 맞지? 수용소에서 도망쳤다가 안 잡힌 건 너 하나니까 쟤네들이 널 찾고 있는 거 아냐?"

엔리가 아주아를 취조하듯 물었다.

"아니야. 나 아홉 살 아니야. 그리고 수용소에서 도망친 게 아니라……."

아주아는 태연하게 말하려고 애썼지만 거짓말을 하는 게 다 보였다.

"나 너랑 못 다녀. 난 사대문 안으로 들어가서 복수해야 돼. 너 때문에 잡혀가긴 싫어."

엔리가 냉정하게 말하며 몸을 일으켰다. 아주아의 눈이 금방이라도 눈물을 쏟아 낼 것처럼 그렁그렁했다. 다시 혼자가 돼서 물속에서 외로운 시간을 보내는 건 상상하고 싶지도 않았다. 어떻게 해서든 엔리를 붙잡고 싶었다. 엔리는 그런 아주아를 돌아보지도 않고 물속에 발을 넣었다.

"내가 알려 줄게, 언니. 내가 북쪽에서 왔잖아. 그리고 맞아……. 사대문 안에 있는 서대문 수용소에서 도망쳐 나왔어. 사대문 안으로 들어가는 방법 알려 줄 테니까 언니, 제발……."

아주아가 물속으로 빠져 들어가는 엔리를 보며 애원했다. 헤엄치려던 엔리는 아주아의 말을 들으며, 어쩌면 아주아가 사대문 안으로 가는 열쇠가 될지도 모른다고 생각했다. 복수를 하겠다고는 했지만 사방이 댐과 둑으로 막힌 사대문 안으로 들어가는 방법조차 모르는 자신에게 꼭 필요한 열쇠 말이다.

"어느 쪽으로 가야 하는데?"

엔리가 아주아에게 빨리 오라 손짓하며 말했다.

아주아와 엔리가 다시 물속을 헤엄치기 시작했다. 마치 고래처럼 팔다리를 움직이지 않으면서 빠르게 앞으로 나아가던 아주아가 센 물살 때문에 느리게 헤엄치는 엔리의 손을 잡아끌었다.

이튿날 저녁, 둘은 홍제강에 도착했다. 해수면이 상승하기 전까지는 홍제천이라 불렸던 홍제강은 서울 서쪽의 남북을 오가는 통로 역할을 하고 있었다. 서울을 동서로 가르는 한강은 침수되어 쓰러져 가는 아파트들과 강가를 덮치는 쓰레기 파도 탓에 위험했지만, 홍제강은 천에서 강으로 바뀐 뒤부터 사람들의 이동 경로로 제격이었다. 뗏목들 사이에는 순혈 한국인들이 뗏목 위에 집을 지어 놓고 사는 뗏목 집들도 즐비했다. 뗏목 집에 사는 순혈 한국인들은 밤에는 물 위의 집에서 생활하고 낮에는 사다리를 타고 강둑 위로 올라가 땅에서 시간을 보냈다.

뗏목 집들은 대부분 스티로폼과 페트병 따위와 통나무를 엮어 만들어졌고 통나무의 부패를 막기 위해 비닐이 겹겹이 둘러져 있었다. 옥상에는 텃밭이라도 있는지 식물들이 무성하게 자라나 있어, 집이라기보다는 잡초가 자라난 쓰레기 더미 같았다. 비록 초라해 보이기는 했지만, 뗏목 집은 침수되고 기울어져 언제 무너져 내릴지 모르는 아파트들보다는 안전할 것 같았다. 무임으로 분류되는 아주아와 엔리는 이런 곳에 살아 봤자 금방 잡혀가기나 할 테지만 말이다.

하루 종일 헤엄친 탓에 다리가 지쳐 버린 엔리의 눈에 초록색 덩굴로 뒤덮인, 버려진 듯한 뗏목 집 하나가 들어왔다. 뗏목 집은 아래를 받치고 있는 스티로폼들이 부서져 있어 입구 쪽으로 한참 기울어져 있었고 집 안에는 물이 차올라 있었다. 인기척은 어디에도 없었다. 아주아와 엔리는 동시에 고개를 끄덕이고 물속으로 잠수해 사람들의 시선을 피할 수 있는, 강둑을 마주한 집 뒤편을 향해 헤엄쳤다.

강둑과 뗏목 집 사이에는 오물 냄새가 지독했다. 아주아는 이 물을 절대 마시지 않으리라 생각하며 먹을 것을 구하기 위해 물속으로 들어갔다. 시야를 완전히 가릴 만큼 부유물이 가득한 강바닥에 다다랐을 때쯤 아주아의 발이 바닥에 닿았다. 며칠 내내 뒤처지는 엔리를 이끌며 헤엄친 탓에 아주아는 이전과 달리 금세 지쳤다. 진흙 바닥에 발이 푹푹 들어가고 입에서 물방울이 뻐끔뻐끔 나올 만큼 숨이 차올랐지만, 통조림을 든 자신을 기특해하던 엔리를 떠올리며 다시 숨을 참았다. 허리를 잔뜩 구부려 고개를 땅에 처박듯 강바닥을 걷던 아주아의 눈에 무언가가 보였다.

플라스틱 통이었다. 진흙 속에 꽂혀 있는 통은 평소에 건졌던 통조림보다는 훨씬 작았고 비닐로 단단하게 포장되어 있었다. 포장에 그려진 빨간색 열매를 보며 아주아는 엔리의 손목에 묶인 빨간 천과 똑같은 색깔이라고 생각했다. 이 열매를 한 번도 본 적 없었지만 아주 맛있는 것이 안에 들어 있을 것만 같았다.

엔리는 아주아가 물에 들어가 있는 동안 비어 있는 뗏목 집을 뒤지고 있었다. 집 안에는 밖에서 봤던 것보다 훨씬 많은 플라스틱들이 쌓여 있어 발 디딜 곳이 없을 정도였다. 엔리는 플라스틱이 찌그러지는 소리가 나지 않게 최대한 살금살금 걸어가 부엌 한편의 상자들을 열어 보았다. 잡동사니로 가득한 상자 안을 샅샅이 헤집던 엔리의 얼굴에 차가운 미소가 번졌다.

칼이었다. 엔리는 한 손에 칼을 집어 들고 앞으로 찔러 보았다. 바로 앞에 그놈, 이수가 있다고 상상하면서 다시 한번 칼을 허공에 깊게 쑤셨다. 이수의 목덜미를 찌른 엔리의 칼끝에서 핏방울이 튀었다. 이수의 얼굴 근육들이 뒤틀렸다. 칼에 찔리고도 얼굴의 모든 근육들을 꿈틀대며 웃는 이수의 모습에 엔리는 놀라서 칼을 떨어뜨렸다.

뗏목 집 안의 공기는 숨 막힐 듯 멈춰 있었다. 마치 그날 이수가 엔리 앞에 앉아 엔리의 얼굴을 지그시 보던 그 순간과도 닮아 있었다. 그날, 이수는 바닥에 넘어진 엔리를 내려다보며 무언가 말을 했지만 아무리 생각해도 기억이 나지 않았다. 군홧발 소리와 천명 님 연설이 끝났으니 빨리 북쪽으로 올라가야 한다고 이수를 부르는 자청단 단원들의 목소리만 머릿속에서 웅웅댔다. 엔리는 그날 이수가 잡았던 어깨가 시려 오는 것을 느끼며 떨어뜨린 칼을 주워 허리춤에 꽂았다.

엔리와 아주아는 뗏목 집 뒤쪽으로 올라와 코를 막은 채 강둑을 바라보고 앉았다. 양옆으로 뗏목과 뗏목 집들이 줄지어 있었지만 냄새 때문인지 강둑 쪽으로 드나드는 사람은 아무도 없었다. 순혈 한국인조차 자청단의 허락 없이는 마음대로 움직일 수 없는 밤이다 보니 사다리를 타고 강둑을 오르는 사람도 없었다. 가끔 저 멀리 떨어진 집에서 잠깐씩 문이 열리기도 했지만, 오물 같은 걸 버리고는 재빨리 문을 닫았다. 칼을 구했다는 뿌듯함 덕인지 엔리는 머리가 아플 정도의 냄새도 참을 수 있었다. 젖은 옷도 어느 정도 말라가고 있었다.

"언니, 오늘은 내가 뭐 찾았게?"

아주아가 밝은 목소리로 말했다.

"뭐?"

엔리가 물었다. 아주아가 씨익, 웃으며 목 위까지 채워진 지퍼를 열까 말까 장난쳤다. 엔리는 아주아의 장난을 받아 주며 빨리 꺼내 보라고 했다. 엔리가 웃으며 자신을 바라봐 주자 아주아는 자신이 세상에서 가장 중요한 사람이 된 것 같았다. 이 순간을 계속해서 즐기고만 싶었다. 엄마도, 아빠도, 엔리 언니도 자신의 다음 말만을 기다리는 이때를.

"뭐냐면……."

아주아가 뜸을 들이다가 지퍼를 열고 잠수복 속에 넣어 놓은 통을 꺼냈다.

"빨간 열매!"

아주아가 히죽 웃으며 외쳤다. 엔리가 놀란 얼굴로 통을 들어 살펴보았다.

"언니 왜? 이 열매 먹어 봤어? 이거 맛있는 거 맞지? 난 한 번도 안 먹어 보고 이게 뭔지도 모르는데 느낌으론 알아. 맛있는 거라는 거."

아주아가 으스댔다.

"나도 먹어 본 지 5년은 넘은 것 같은데."

엔리가 포장지를 벗기며 들뜬 목소리로 말했다. 납작한 플라스틱 통에는 이렇게 쓰여 있었다.

'체리 사탕'

"네가 구해 왔으니까 먼저 먹어."

엔리가 짐짓 어른스럽게 말하며 아주아에게 통을 건네자 아주아는 호기심 어린 표정으로 살며시 통을 열었다.

"이거 먹어도 되는 거야?"

아주아가 하얀 가루를 슬쩍 만지며 물었다. 엔리가 고개를 끄덕이자 아주아가 손가락에 묻은 하얀 가루를 혀에 대 보았다. 가루에서 아무 맛도 나지 않자 의아해하며 사탕을 바로 입에 넣은 아주아는 사탕의 달콤함에 눈이 휘둥그레지고 코가 벌렁거렸다. 그런 아주아를 흐뭇하게 보던 엔리도 사탕 하나를 입에 넣었다. 향긋한 체리 향기와 오랜만에 느껴 보는 달콤한 맛에 엔리 얼굴에도 옅은 미소가 번졌다.

그때였다. 서너 집 너머에 있는 한 뗏목 집의 뒷문이 열리더니 검은색 제복을 입은 자청단 단원이 나왔다. 엔리는 어둠 속에 서 있는 단원을 숨죽인 채 주시했다. 강둑을 가만히 올려다보고 있는 단원은 엔리가 지금까지 봐 온 자청단에 비해 키가 작았다. 뒷문을 열고 나오는 다른 이도, 집 안에서 들려오는 인기척도 없자, 엔리는 허리춤에 있는 칼에 손을 가져갔다. 칼날의 차가움에 손의 떨림이 조금은 진정되는 듯싶었다.

"여기 꼼짝 말고 숨어 있어."

엔리가 낮은 목소리로 아주아에게 당부했다. 아

주아가 두 눈을 동그랗게 뜨며 왜 그러느냐고 물었지만 엘리는 아무런 말도 하지 않고 은밀하게 물속으로 들어갔다.

5 무임 발견

해솔은 당장이라도 사다리를 타고 강둑 위로 올라가 서쪽으로 도망치고 싶었다. 탈단이 이렇게 어려울 줄 알았다면 자청단에 들어오지도 않았을 거였다. 삼촌이 전염병으로 돌아가신 후, 해솔이 먹고살기 위해 할 수 있는 선택은 많지 않았다. 돛단배를 타고 몇 개월씩 바다 일을 하거나, 방사능에 오염된 남부 지역에서 생필품을 모아다 팔거나, 해솔 자신처럼 자청단에 들어가는 수밖에 없었다. 그러지 않고서는 겨우 열다섯밖에 안 된 키 작은 남자아이는 굶어 죽거나 전염병으로 죽기 십상이었다.

해솔은 높은 강둑을 보며 목덜미의 상처를 쓰다

듣었다. 오늘은 뗏목 집에 사는 사람들에게 상납을 받는 날이라, 해솔과 한 조였던 두 명의 상관들은 쓸모 있는 물건을 거둬들이는 데 혈안이었다. 먹을거리는 당연하고 숟가락과 젓가락 같은 식기류와 옷과 신발 같은 잡화류도 쓸모 있는 물건이었다. 오늘 해솔은 자기보다 나이가 몇 배는 많은 아저씨가 건넨 전자 기기가 쓸모 있다고 생각해서 받았을 뿐이었는데 상관들은 해솔이 가져온 멀티미디어폰을 보자마자 해솔을 구타하기 시작했다. “고치지도 못할 기계를 가져온 쓸모없는 자식”이라는 말과 함께였다.

해솔은 자청단 제복 안주머니에 넣어 놓은 멀티미디어폰을 꺼내 들었다. 삼촌은 멀티미디어폰을 애지중지하며, 이걸 고쳐서 다시 사용할 날이 올지도 모른다고 말하곤 했다.

수면 위에 두 눈만 꺼내 놓은 채, 손에 든 물건을 만지작거리는 해솔을 지켜보던 엔리가 해솔의 앞으로 뛰어올랐다. 해솔은 갑자기 물속에서 튀어나온 엔리를 보고선 괴물이라도 본 것처럼 굳어 버렸고, 엔리는 자기보다 더 어려 보이는 해솔의 얼굴을 보고 자청단에 이렇게 어린 아이도 있다는 데 놀랐지만 태연한 척 칼을 쳐들었다.

"손 들어. 조용히, 소리 지르면 바로 찔러 버린다."

엔리가 새파랗게 질린 해솔에게 겁을 줬다.

"살려 줘……."

해솔은 기어들어 가는 목소리로 말하면서도, 여자애의 볼에 '무' 낙인이 없는 걸 보고, 자청단에게 복수하려는 무임은 아니구나 싶어 조금 안심했다.

"대답만 잘하면 살려 줄 거야. 이수, 자청단에 이수라는 새끼 알지?"

엔리가 해솔에게 물었다.

"이……수?"

이수는 처음 들어 보는 이름이었으므로 어리둥절한 표정일 수밖에 없었다.

"이수. 자청단이 이수라고 불렀어. 키가 180센티미터는 넘는 미친놈. 그 새끼가 영광까지 와서……. 당장 그놈이 어디 있는지 말해. 그럼 풀어 줄 테니까."

엔리는 자청단의 거친 말투를 흉내 내며 칼을 해솔의 몸에 더 가까이 가져다 댔다. 해솔은 이수가 누군지 생각해 내려고 노력했지만 도무지 누구인지 알 수 없었다. 자청단 단원들끼리는 이름을 부르지 않는 게

암묵적인 규칙이고 특히 높은 단원의 이름을 함부로 부른다는 건 하극상을 의미했다.

"혹시 무슨 일을……."

엔리가 칼로 목을 슬쩍 긋는 바람에 해솔은 말을 잇지 못했다. 해솔의 목에서 피가 새어 나왔다.

"묻는 말에만 대답해. 이수 소장 어디 있는지 알지? 그놈이 시켜서 자청단 단원들이 무임들을 물속에 빠뜨리잖아. 쇠사슬 찬 사람들이 물속에서 죽든 말든 관심도 없고 통조림에만 미친 놈. 잔인한 살인마 새끼, 그 새끼 알아 몰라?"

칼을 높이 든 엔리는 당장이라도 해솔의 목을 베어 버릴 것처럼 윽박질렀지만, 칼끝은 사시나무처럼 떨리고 있었다.

"소장? 혹시 서대문 수용소 소장님인가……."

소장의 얼굴이 생각난 해솔이 우물거렸다.

"서대문 수용소?"

엔리는 아주아의 얼굴을 떠올렸다.

"거기 소장님이 잔인하다고 소문나 있어. 나는 서대문 수용소에서 행사 할 때 딱 한 번 본 게 다야. 항상 무장된 갑옷을 입고 있는 분 맞지? 무임들을 엄청 잡아

들여서 초고속으로 천명 님 오른팔까지 올라간 분."

해솔은 서대문 수용소 소장에 대해 들었던 이야기들을 열심히 떠올리며 신중하게 답했다. 해솔의 말을 들은 엔리는 칼을 더 세게 쥐며, 이제 앞에 있는 이 인간을 어떻게 처리해야 할지 고민했다. 자신을 목격한 자청단을 살려 주는 건 너무 위험했다. 게다가 자청단 단원을 모두 없애 버리는 상상을 얼마나 해 왔던가. 그런데 웬일인지 찌를 수가 없었다.

"제발 살려 줘. 알고 있는 건 다 말한 거야. 약속했잖아. 제발……."

자신을 향하고 있는 칼을 본 해솔이 털썩 무릎을 꿇고 엔리에게 빌었다. 엔리는 통통하게 살이 오른 해솔의 얼굴을 보니 화가 치밀었지만, 자기보다 더 어려 보이는 데다 멍 자국이 가득한 이 애의 목덜미에 손안의 녹슨 칼날을 꽂을 수 있을 것 같지 않았다.

"특별히 살려 주겠어. 대신 나를 봤다는 사실, 나와 나눈 대화, 모두 아무한테도 절대 말하지 마. 말하면 쥐도 새도 모르게 죽여 버릴 테니까."

엔리는 자기가 낼 수 있는 가장 낮고 위협적인 목소리로 말했다. 이 남자애를 어떻게 다시 찾아낼 수 있을지, 아니 이 애가 누구에게 뭘 말할지 확인할 방법도 없었지만 일단 그렇게 으름장을 놓았다. 세차게 고개를 끄덕이는 모습을 보니 이 아이는 어쩐지 약속을 지킬 것 같았다. 엔리는 소리 나지 않게 천천히 물속으로 들어갔다. 엔리의 머릿속에는 빨리 아주아를 앞세워 서대문 수용소로 가야겠다는 생각뿐이었다.

아주아는 근처에 숨어서 엔리에게 무슨 일이 일어나는 건 아닌지 조마조마하게 보고 있었다. 다행히 아무 일도 일어나지 않고 엔리가 다시 기울어진 뗏목집을 향해 헤엄치자 아주아도 그쪽으로 물장구를 치기 시작했다.

"휘이익, 무임 발견! 무임 발견!"

해솔이 휘파람 소리를 내며 크게 외쳤다. 사라지는 엔리를 지켜보던 해솔이 갑자기 나타난 아주아를 발견하고는 소리를 지른 것이었다. 아주아는 그 소리가 자신을 향한 것이라는 것을 깨닫고 날쌔게 움직였다.

한편 해솔에게 속았다고 생각하며 기울어진 뗏목집에 다다른 엔리는 곧장 물속에 숨어 있을 아주아부터 찾았다. 손을 휘저었지만 손에 닿는 건 쓰레기뿐이었다. 혹시 또 먹을 것이라도 찾으러 갔나 싶어 강바닥으로 내려가려던 참에 누군가 엔리의 손을 낚아챘다. 아주아였다.

"자청단한테 들켰어. 얼른 도망가자."

엔리가 아주아에게 다급하게 말했다. 엔리는 해솔이 아무리 애였어도 역시 죽였어야 했다고 후회하며, 아주아와 함께 홍제강 상류를 향해 헤엄쳤다.

무임 발견 경보를 들은 자청단과 순혈 한국인들이 눈을 밝히며 홍제강으로 모여들었다. 무임을 잡아서 자청단에 데려가면 두둑한 포상이 뒤따른다는 건 모두가 알고 있었지만, 자청단의 지배가 시작된 지 5년가량 지난 지금은 밖을 돌아다니는 무임을 찾아볼 수 없었다. 무임들이 침수된 아파트에 숨어 산다는 건 공공연한 사실이었지만, 일주일에 하나꼴로 무너지는 침수 아파트 안으로 위험을 무릅쓰고 들어갈 사람은 무임이 아닌 이상 어디에도 없었다. 그런 상황에서 무임이 발견됐다고 하니, 인근의 자청단과 순혈 한국인들은 어떻게든 무임을 잡아 한몫을 챙기려고 정신없이 움직였다.

한참을 홍제강을 따라 북쪽으로 도망치던 중, 숨이 턱까지 차오른 엔리가 수면 위로 잠시 머리를 내밀었다. 물속에 너무 오래 있었던 탓에 머리가 어지러웠다. 둘을 쫓아오는 나룻배 때문에 수면 위에 계속 나와 있을 수는 없어 엔리가 다시 물속으로 들어가려고 숨을 깊이 들이마실 때였다.

쉬이익—.

화살이 날아왔다.

잠수하려는 엔리를 발견한 자청단 단원들이 화살을 쏘기 시작했다. 다시 쉬익— 소리가 나더니 화살 하나가 엔리의 어깨를 맞혔다.

엔리의 피가 강물에 퍼졌다.

조명 때문에 어두운 강물에 퍼져 나가는 빨간 피가 선명하게 보이자, 자청단 단원들이 피를 향해 일제히 노를 저었다. 아주아는 피 흘리는 엔리를 안고 팔과 다리를 최대한 세차게 움직이며 북쪽을 향해 나아갔다. 그런 둘을 향해 저 멀리서 쏜살같이 다가오는 무언가가 있었다.

피라냐 떼였다. 엔리의 피 냄새를 맡은 피라냐들이 날카로운 이빨을 내세우며 꼬리를 세차게 흔들었다. 몰려오는 피라냐 떼를 본 엔리가 손목의 빨간 천을 화살촉에 찔린 어깨에 매자, 다행히 피가 조금 멎었다.

자청단은 옅어진 핏자국을 쫓으며 정신없이 노를 저었다. 직책이 높은 단원은 계속 욕지거리를 내뱉었고, 하급 단원들은 그에게 얻어맞지 않으려고 깜깜한 물속에 얼굴을 박고 피의 행방을 쫓았다. 피라냐는 그 얼굴들을 놓치지 않았다. 피라냐가 큰 입을 쩍 벌려 단원들의 코와 볼을 물어뜯자 사방에서 비명 소리가 들렸다.

나룻배들이 소란스러운 틈에 엔리와 아주아는 외따로 떨어져 있는 작은 뗏목 집 뒤편으로 숨어들어 갔다. 엔리가 먼저 뗏목 집에 올라가 아주아를 끌어올리려는 순간이었다. 어느새 쫓아온 피라냐가 엔리의 피 냄새가 나는 아주아의 발을 물어 버렸다. 아주아는 쇠사슬이 채워진 발을 버둥거리며 이내 피라냐를 떨쳐냈지만 물린 발이 아파 울음이 터져 나오려 했다.

엔리와 아주아는 뗏목 집 뒤와 강둑 사이의 어둠 속에 몸을 숨겼다. 엔리는 어깨에 맨 천을 풀고 살을 파고들고 있는 화살촉을 빼내고서 피로 축축해진 빨간 천을 어깨에 다시 동여맸다. 아주아의 발에는 피라냐의 잇자국이 선명했다. 엔리는 주위에 누가 있는 건 아닌지 살피며 바짓단을 입으로 찢었다.

찌이익.

소리가 생각보다 크게 나자 엔리와 아주아 모두 숨을 멈췄다. 잠시 뒤, 엔리가 찢은 바짓단으로 아주아의 발을 꽁꽁 쌌다. 아주아가 손으로 입을 막고 아픔을 가까스로 참고 있는데 뗏목 집에서 누군가 나왔다. 얼굴에 낙인이 없는 순혈 한국인 여자였다. 엔리가 칼을 들고 여자를 위협하자 엔리보다 조금 더 나이가 있어 보이는 여자는 순순히 팔을 위로 올렸다.

"소리 지를 생각 하지 마. 이 칼로 확 찔러 버릴 테니까."

엔리가 조용하지만 사나운 목소리로 말했다.

"누구 없습니까."

집 안쪽에서 소리가 들려왔다.

"있는 거 다 아는데. 어서 나오십쇼."

목소리가 험악해졌다. 엔리가 여자를 보고 칼로 목을 긋는 시늉을 하며 고개를 끄덕이자 여자가 다시 집 안으로 성큼성큼 들어갔다.

"모든 것은 천명으로."

자청단 단원 둘이 고개를 빳빳이 들고 여자에게

인사했다.

"모든 것은 천명으로."

여자가 허리를 굽히며 응했다.

"혹시 흑인 무임 봤나? 강 상류로 도망치다가 갑자기 사라졌단 말이지."

키 큰 단원이 물었다.

"못 봤습니다. 갑작스럽게 배가 아파서 볼일을 보느라……."

여자가 배에 손을 올리며 답했다.

"혹시 숨겨 주고 있는 건 아니고?"

머리에 기름이 잔뜩 낀 단원이 의심스러운 듯 물었다. 키 큰 단원은 여자의 집을 살펴보고 있었다. 물건이 거의 없는 집 안에는 벽 곳곳에 천명의 얼굴이 그려진 포스터와 자청단 포스터가 붙어 있었다. 동그란 원 안에 번개 표시가 그려져 있는 자청단 마크도 여기저기 보였다.

"아닙니다. 제가 봤다면 바로 신고했을 겁니다."

여자가 꼿꼿한 목소리로 말했다.

"바람직한 자유청년, 진사라. 이번에 뽑힌 바람직한 자유청년 중 한 명?"

상패를 본 기름 낀 단원이 의심의 눈초리를 풀고 호의적인 태도로 물었다. 사라가 고개를 끄덕였다.

“그런데 아직 단원은 아니고.”

기름 낀 단원이 마치 노예상이 구입할 노예의 상태를 점검하듯이 사라의 몸을 구석구석 뜯어보며 의심스럽다는 듯 말했다.

“저는 아직 부족한 것 같습니다.”

사라의 목소리가 무뚝뚝했다.

“부족하긴. 바람직한 자유청년에도 뽑힌 건강한 여성은 언제든지 환영이라고. 자청단에는 여성들이 해줘야 하는 일들도 아주 많아. 무임들을 관리하는 것부터 자청단에 봉사하는 것까지. 뭐, 순혈 한국인의 아이를 낳는 것도 아름다운 기여지.”

기름 낀 단원이 사라가 입고 있는 검은색 셔츠와 운동복 바지 안까지 뚫을 기세로 훑어보자, 사라가 불편하다는 듯 시선을 피했다.

“왜 눈을 피하지? 그러고 보니 자청단에도 안 들어와, 임신도 안 해, 무임이 발견된 것도 신경 안 써. 그러면서 포스터는 잔뜩 붙여 놓은 이유가 뭐야? 여자처럼 입지도 않고…… 뭐야, 설마 레즈비언인 걸 숨기려고 연기라도 하는 건가?"

단원이 사라의 짧은 머리칼을 확, 잡아 젖혔다.

"어휴, 그럴 리가 있습니까? 천명 님한테 상까지 받은 앤데."

사라의 집을 살피던 키 큰 단원이 걸걸한 목소리로 말했다.

"그럼 뭐, 씨를 준다는 사람을 기다리나? 나 정도면 어때?"

떡진 머리를 쓸어 올린 단원이 사라의 어깨를 감싸며 말했다. 사라가 단원의 손을 내쳤다.

"다시 한번 쳐 봐."

단원이 사정없이 사라를 벽에 밀치며 윽박질렀다. 그는 멱살이 잡혔어도 여전히 무표정한 표정으로 입을 다물고 있는 사라의 뺨을 다짜고짜 때려 댔다. 얼른 죄송하다고 말하라는 키 큰 단원의 말에도, 뺨을 때리는 매운 손길에도 사라는 묵묵부답이었다. 열받은 기름낀 단원이 사라의 배를 발로 걷어찼지만 사라는 요지부동이었다.

귀를 기울이고 있던 엔리는 가만히 듣고만 있을 수 없어 어깨에서 뽑아냈던 화살을 집어 들었다. 그리고 화살을 맞지 않은 어깨를 활짝 열어 있는 힘껏 물에 던졌다.

찰랑—.

화살이 물속으로 들어갔지만 그 소리는 사라를 때리고 있는 소리에 비해 너무 작았다. 아주아가 물 위를 떠다니던 통조림 하나를 집어 올려 엔리에게 건넸다. 오물이 가득 찬 통조림을 받은 엔리는 등 뒤에 메고 있는 나무통에서 나무 막대 하나를 꺼냈다. 그리곤 깃털이 붙어 있는 나무 막대 끝에 통조림을 걸어, 있는 힘껏 나무 막대를 물에 던졌다.

첨벙—.

그 소리에 기름 낀 단원이 사라를 걷어차던 발을 멈추고 집 밖으로 귀를 기울였다.

"여기서 가까운 것 같습니다. 빨리 가면 저희가 무임을 발견할 수 있지 않겠습니까?"

키 큰 단원이 말했다.

단원들이 곧장 집 밖으로 나가서 나룻배에 올라타자, 사라는 부르튼 입가에서 새어 나오는 피를 닦았다. 엔리와 아주아는 그제야 참고 있던 숨을 내뱉었다.

6 북쪽 방향

뗏목 집 안의 작은 촛불이 벽에 기대고 앉아 있는 엔리와 아주아, 사라를 비췄다. 무임들이 계속해서 홍제강 상류로 헤엄쳤으리라 생각한 자청단과 순혈 한국인들이 모두 북쪽으로 이동한 덕에 밖은 조용했다.

"우릴 왜 구해 줬는지는 모르겠지만……."

엔리가 침묵을 깨고 말했다.

"고마워요, 언니!"

사라가 준 물을 홀짝홀짝 마시던 아주아가 엔리의 말을 끊었다.

"잠깐 기다려 봐. 텃밭에 쓸 만한 약초가 있나 보고 올게."

사라가 웃을 듯 말 듯 미묘한 표정을 지으며 말했다. 사라가 밖으로 나가자, 엔리는 깨끗한 물을 처음 마셔 보는 듯 기뻐하고 있는 아주아에게 몰래 나가자며 뒷문을 가리켰다. 아주아는 대번에 싫다며 고개를 저었다. 그럼 자기 혼자 가겠다며 자리에서 벌떡 일어나는 엔리의 발을 아주아가 잡아끌었다. 엔리와 아주아가 엎치락뒤치락하고 있을 때, 사라가 두 손에 초록색 약초를 들고 집 안으로 돌아왔다.

"이걸론 응급처치만 할 수 있어. 꼬마 발은 피라냐한테 살짝 물린 정도지만, 넌 화살 맞은 거지? 이건 제대로 치료해야 돼."

사라가 둘을 보며 단호하게 말했다.

"저 꼬마 아니고 아주아예요. 그리고……."

엔리의 발에 매달려 있던 아주아가 말을 채 가듯이 빠르게 말했다. 엔리는 아주아가 이름을 함부로 말하자 아주아의 손등을 꼬집어 말을 멈추게 했다.

"알았어. 내 이름은 사라. 보다시피 자청단이 때리면 언제든지 군말 없이 맞아야 하는 순혈 한국인."

사라가 멍든 자신의 뺨을 가리키며 냉소적으로 말했다.

"우릴 도와준 걸 들키면 너도 위험해질 텐데 왜 도와준 거야? 바라는 게 뭐야?"

엔리가 사라에게 따져 물었다. 엔리의 공격적인 태도에 놀란 아주아가 화살을 맞은 엔리의 팔을 잡아당기며 말린 바람에 엔리가 악 소리를 냈다. 사라는 질문에는 답하지 않은 채 가져온 약초를 작은 절구에 넣고 짓이기기 시작했다. 코가 시원해지는 향기가 났다.

사라는 엔리 어깨에 깨끗한 물을 부어 세척한 뒤에 짓이긴 약초를 상처에 올리고 깨끗한 천으로 상처를 감쌌다. 금세 피가 멈출 것 같은 그 모습을 본 아주아가 피라냐에게 물린 발을 냉큼 사라에게 내밀었다. 사라는 엔리에게 했던 것처럼 똑같이 아주아의 발을 치료해 줬다.

"이렇게 어린애가 자청단한테 잡히는 건 너무 안됐다 싶어서 도운 것뿐이야."

사라가 담담하게 말했다. 그 말을 들은 아주아는 사라가 말로만 듣던 천사가 아닐까 생각했지만, 엔리는 사라의 말을 곧이곧대로 받아들일 수 없었다. 자청단 단원들은 사라가 '바람직한 자유청년'에 뽑혔다고 했고, 그 말을 증명이라도 하듯 집 안 곳곳에 천명의 가르침과 천명의 얼굴이 그려진 포스터가 붙어 있었기 때문이다.

"아주아, 치료도 다 받았으니까 이제 가자."

엔리가 아주아를 일으켜 세우며 말했다.

"홍제강에서는 더 이상 이동하기 어려울 거야. 자청단이 강 일대에서 너희를 잡으려고 혈안이 되어 있을 테니까. 물속에 들어가면 아직 아물지 않은 상처에서 피가 계속 나서 피라냐들도 달려들 거고."

사라가 강 쪽을 보며 낮은 목소리로 말했다. 사라의 말이 맞다는 걸 아는 엔리는 반박할 수 없었다. 당장 이수가 있는 서대문 수용소로 가야겠다는 생각만 했을 뿐, 막상 어떻게 그곳까지 갈지는 미처 생각해 보지 못했다.

"엔리 언니, 서대문 안으로 바로 갈 거야? 아까 그 키 작은 단원한테 새로 알게 된 거라도 있어?"

아주아가 천진난만하게 물었다. 엔리는 중요한 정보인지도 모른 채 말을 늘어놓는 아주아의 입을 막고 싶었다.

"서대문 안? 들어가는 길목마다 자청단 단원들 많은 거 알지? 지금 네 상태로는 죽으러 가는 거나 마찬가지야. 그러지 말고 우선 나랑 같이 가는 건 어때? 혹시, 해방전선이라고 들어 봤어? 난 거기 합류하려고 해. 여기서 계속 이렇게 자청단한테 맞고 빼앗기면서 비굴하게 살다 죽느니 해방전선에 가서 자청단이랑 싸우다 죽으려고."

사라가 아주아와 엔리를 번갈아 보며 결단력 있게 말했다. 아주아는 두 눈이 초롱초롱해졌지만, 엔리는 해방전선을 들어 본 적도 없었을 뿐만 아니라 순혈 한국인인 사라가 자신과 비슷한 생각을 한다는 걸 믿을 수 없었다.

"우리가 뭘 믿고 너랑 같이 가. 됐어. 난 복수하러 갈 거야. 아주아 너는 해방전선이라는 데 가고 싶어? 그럼 쟤랑 같이 가."

엔리의 목소리가 날카로웠다.

"복수? 누구한테? 어떻게 하려고?"

사라가 궁금하다는 표정으로 엔리에게 물었다.

"누구한테 복수할 건지는 말할 수 없어. 그리고 복수는 내 힘으로 할 거야. 난 영광에서 서울까지 올라오면서 온갖 위험에서도 살아남았어. 그 와중에도 훈련을 계속한 덕에 훨씬 세진 데다가 이젠 칼도 있으니 그

놈을 찌르기만 하면 돼. 요즘은 통조림도 많이 먹어서 근육도 붙고 있고. 땅 위에서 못 한다면 물속에서라도 없앨 거야. 그러려고 매일 물속에 들어간 거라고."

엔리가 자신만만하게 대답했다. 사라는 아무 말도 하지 않은 채 앙상한 엔리의 팔과 다리를 바라봤다. 엔리는 자신의 말을 허풍이라 여기는 사라에게 허리춤에 찬 칼을 꺼내 보였다. 녹슨 칼을 본 사라는 자기 티셔츠를 위로 올려 옆구리를 보였다. 상처 자국이 가득한 옆구리 사이에 세찬 파도 모양이 작게 새겨 있었다.

"해방전선의 상징이야. 내가 해방전선 멤버라는 소리지."

사라가 파도를 가리키며 당당하게 말했다.

"사라 언니, 근데 해방전선이 뭐 하는 데예요?"

아주아가 자신의 얼굴에 찍힌 '무' 자 낙인을 만지며 물었다.

"해방전선은 자청단에게 잡혀간 무임들, 자청단한테 고통받는 순혈 한국인 모두를 해방하려고 하는 사람들이 모인 게릴라부대야. 무장단체고."

사라가 차분하게 설명하자 아주아는 게릴라부대와 무장단체가 뭔지 아는 척 고개를 끄덕거렸다.

"그걸 어떻게 믿어?"

엔리가 경계를 늦추지 않고 사라에게 물었다.

"믿든 안 믿든 그건 네가 선택하는 거지. 근데 너 복수한다고 하지 않았어? 나랑 같이 가면 도움을 받을 수 있을 거야. 싫으면 네 맘대로 하고. 복수 그거 정말 혼자 할 수 있겠어?"

사라의 말에 엔리가 골똘히 생각에 잠겼다. 방 가운데에서 타고 있던 촛불은 어느새 다 타 버려 사그라들었다. 뗏목 집 안에 깜깜한 어둠이 들어차자 엔리는 참고 있었던 통증을 훅, 뱉으며 손으로 다친 어깨를 어루만졌다.

"해방전선은 북한산에 있어. 가는 길에 엔리 네 어깨도 치료할 수도 있고. 불광동에 해방전선을 도와주시는 선생님이 계시거든."

사라가 말했다. 어둠 속에서도 모든 것을 보고 있다는 듯한 목소리였다.

이수는 무임을 발견했다가 놓쳤다는 부소장 기혁의 보고를 들으며 하얗고 긴 손가락을 일정한 리듬으로 튕겼다. 기혁의 말이 끝나자 이수는 갑옷처럼 보일

정도로 몸 구석구석에 찬 보호대의 매무새를 정리하며 의자에서 일어났다. 이수가 한쪽 벽에 길게 설치되어 있는 유리장으로 걸어가자 기혁은 이수의 다음 행동을 예상이라도 하듯 덜덜 몸을 떨었다. 이수는 크고 작은 유리병들이 줄 맞춰 전시되어 있는 유리장을 꼼꼼히 살펴보더니 작은 유리병 하나를 집어 들었다.

"소장님, 며칠만 기다려 주십시오. 제가 꼭……."

기혁이 두려워하며 빌었다.

"왜 그렇게 떨고 있어요? 저처럼 더러운 쥐새끼도 아니잖아요."

이수가 유리병에 있던 두 눈알을 꺼내 쥐며 눈알의 주인이었던 누군가의 목소리라도 흉내 내듯 옥타브를 높여 말했다.

"마지막 기회예요. 깜둥이 년을 내 앞에 데려오세요. 네 눈알이 쓸모 있다는 걸 증명하라고. 이번에도 못 하면 알지?"

이수가 두 눈알을 손아귀에 쥐고 주물럭대자 눈알이 곧 터질 것처럼 부풀어 올랐다. 눈알은 방금까지 누군가의 안구였던 것처럼 탱탱했다. 기혁이 반사적으로 자신의 눈을 가렸다. 흑인 여자애를 못 잡으면 저

손안에 들려 있는 것은 자신의 눈알이 될 것이었다.

기혁이 무조건 잡아 오겠다며 헐레벌떡 소장실을 뛰어나간 후 이수는 절도 있는 손놀림으로 눈알을 포름알데히드가 담긴 유리병에 다시 집어넣었다. 먼지 하나 없이 깨끗한 유리병 뚜껑에는 '쥐새끼 종족'이라고 쓰여 있었다.

엔리는 아주아를 업고 걸어가는 사라 뒤를 따르며 제 발로 사지에 걸어 들어가고 있는 건 아닌지 걱정했다. 그도 그럴 게 사라는 엔리와 아주아를 과할 정도로 돕고 있었다. 자신들을 자청단으로부터 숨겨 준 것도 모자라 치료를 해 주고, 이제는 위험을 무릅쓰고 의사에게까지 데려다주려고 하지 않나. 게다가 발이 아파 걷지 못하는 아주아를 직접 둘러업기까지 하고서 말이다. 적어도 엔리의 경험상, 아무런 이유 없이 무임을 돕는 순혈이 있을 리 없었다.

엔리는 어깨 통증이 심해져 잠시 멈춰 섰다. 북쪽을 향해 가는 엔리의 왼쪽으로는 홍제강의 범람을 막기 위한 제방이 있었고 오른쪽으로는 벼가 빽빽이 자라고 있는 논이 펼쳐져 있었다. 엔리는 저 많은 쌀은 누구 입으로 들어가는 걸까 생각했다. 마지막으로 쌀밥을 먹어 본 지가 언제인지 기억도 나지 않았다. 보나마나 무임들을 노예처럼 부려 먹으며 농사를 짓는 거겠지 싶어, 엔리는 평화로워 보이는 논의 풍경이 왠지 역겹게 느껴졌다. 논을 보며 잠시 생각에 잠겨 있는 엔리 옆으로 아주아를 업은 사라가 다가왔다.

"빨리 가야 돼. 해 뜨면 위험해져."

사라가 엔리를 재촉했다.

"아주아도 자고 있으니까 솔직히 말해 봐. 이 길 끝에 뭐가 있는지."

엔리가 조용히 캐물었다.

"말했잖아, 해방전선. 가는 길에 네 팔도 고칠 거고."

사라가 당연한 소리를 묻는다는 듯 답했다.

"지금 같은 세상에 공짜는 없다는 거 알아. 부모님 돌아가시고 2년 동안 날 도와준 사람은 어디에도 없었어. 우리한테 원하는 게 뭐야."

엔리가 어깨 통증을 참으며 말했다.

"자청단한테 안 잡히는 거. 그거면 돼. 됐지? 조금만 더 가면 불광동이야. 가자."

사라는 해치우듯 말하고선 다시 북쪽을 향해 걸어갔다. 떠오르는 해가 사라의 등에 매미처럼 붙어 있는 아주아의 초콜릿색 목덜미에 닿았다. 엔리는 사라의 말을 다 믿을 순 없었지만 우선은 뒤따라갈 수밖에 없었다.

추적조 단원들이 수용소 회의실에 일렬로 서 있었다. 다른 부처에서 능력을 인정받아 서대문 수용소로 차출된 이들은 전투나 수색에 있어서 최정예였다. 검은색 제복을 입은 일곱 명의 단원은 고개를 빳빳이 세우고 미동도 하지 않았다.

"어제 홍제강에 있었는데 못 잡았다라……. 네가 건강안전부에서 왔다고 했나? 뇌가 어떻게 생겼는지는 잘 알겠네. 난 잘 모르거든. 네 머릿속엔 도대체 뭐가 들었길래 깜둥이 애새끼 하나 못 잡은 건지 뇌를 한번 확인해 보고 싶은데."

부소장 기혁이 목검으로 단원의 머리를 가르는 시늉을 하며 말했다. 눈을 질끈 감은 단원은 머리를 보호하기 위해 반사적으로 손을 들어 올렸다. 그러자 기혁이 목검으로 단원의 머리를 깨부술 것처럼 내리쳤다.

덜컹.

회의실 문이 열렸다.

"모든 것은 천명으로."

해솔이 쭈뼛쭈뼛 회의실 안으로 들어서며 말했다. 해솔은 송장처럼 굳어 있는 단원들과 목검을 들고 있는 기혁을 보고 발걸음을 멈췄다.

"부소장, 그만하지. 밤새 고생한 추적조는 이만 나가서 좀 쉬고."

해솔을 뒤따라 들어온 이수가 인자한 목소리로 명령했다. 해솔은 목소리와는 정반대로 감정 없이 매서운 이수의 얼굴을 보자 소름이 돋았다.

"그래, 해솔 단원. 어제 중요한 역할을 했다고 들었는데."

이수의 태도는 더없이 친절했지만 그것이 해솔에게는 오히려 더욱 이질적으로 느껴졌다.

"난 해솔 단원이 누굴, 언제, 어디서, 어떻게 본 건지 하나도 빠짐없이 듣고 싶네. 부소장도 그렇지 않나?"

이수가 돌연 차갑고 냉철한 목소리로 말하자 기혁이 연신 고개를 끄덕였다. 이수는 해솔의 대답을 기다리며 손가락을 정확한 간격으로 튕겨 댔다. 해솔은 삼촌의 말을 떠올리고 있었다. 삼촌은 남자는 이래야 하고, 여자는 이래야 한다는 말을 입버릇처럼 했는데, 특히 남자는 한 입으로 두말하면 안 된다는 말을 귀에 딱지가 앉도록 하곤 했다. 해솔이 어제 자신을 협박했던 여자애에 대해서 이야기를 해도 될지 잠시 망설이는 사이, 느닷없이 기혁이 목검으로 해솔의 배를 푹 찔렀다.

"이 새끼야. 당장 말하라고. 어제 네가 보고 들은 거 몽땅."

해솔이 배를 움켜쥔 채 우물쭈물하며 말하기를 망설이자 기혁이 해솔의 등을 사정없이 찔러 댔다.

"어젯밤에 상납받으러 간 한 뗏목 집 뒤에서 잠시 쉬고 있었는데요…… 한 여자애가 갑자기 물속에서 뛰어올랐어요. 칼을 쥐고 저를 협박하면서 영광에 왔던 단원을 아느냐고, 이름은 이수라고……."

퍽.

기혁이 목검으로 해솔의 등을 다시 내리쳤다.

"네가 뭔데 소장님 존함을 함부로 말해?"

"부소장, 됐어. 영광에 있었던 단원을 찾는다고 했

다고? 내 이름도 알고 있고 말이지."

이수가 부드러운 목소리로 말했다.

"소장님에 대해서 잘 알고 있었어요. 키도 그렇고 소장님이 하시는 일도 그렇고요. 걔가 제 목을 찌르는 바람에 어쩔 수 없이 소장님이 서대문 수용소에 계시는 분이라고 말했습니다. 낙인이 없는 여자애라 제가 방심했습니다. 죄송합니다. 죽을죄를 지었습니다."

해솔이 자신을 겨누는 기혁의 목검을 보며 기어 들어 가는 목소리로 말했다.

"걱정 말게, 죽이진 않을 테니까. 이런 일로 일일이 죽이면 일할 사람이 없어서 말이야. 낙인이 없고 내가 영광에 있었던 걸 아는 여자애라……. 떠오르는 얼굴이 있긴 해."

이수가 무언가를 그리워하는 표정으로 먼 곳을 바라봤다.

"베트콩 혼혈 년이랑 깜둥이 애새끼가 왜 붙어먹었을까? 천박한 종족은 그렇게 족보가 없단 말야. 부소장, 해솔 단원이랑 추적조 데리고 홍제강으로 가. 난 그 두 년의 얼굴이 빨리 보고 싶어."

이수가 맛있는 저녁 식사를 기대하는 사람처럼

신이 나서 말했다.

불광동에 다다르자 논이 갑자기 뚝 끊겼다. 물을 머금고 있던 진흙도 어느새 사라지고 단단한 땅이 나타났다. 잠에서 깬 아주아는 사라 등에서 내려 엔리 옆에서 걸었다. 엔리는 아주아의 꼬불거리는 머리카락을 내려다보며 아주아가 또래보다 키가 크다곤 해도 아홉 살밖에 안 된 아이라는 걸 새삼 실감했다. 이렇게 어린아이가 고생하는 게 안됐다 싶어 몇 번이나 손을 잡고 같이 걸으려 했지만, 곧 다시 접었다. 햇빛이 아주아의 검은 피부를 훤히 드러내고 있었기 때문이었다.

불광동은 건물들이 다닥다닥 붙어 있어 아침에도 거리가 어두컴컴했다. 건물들의 아래층은 콘크리트로 만들어져 있었지만, 위층으로 갈수록 대나무로 된 집들이, 그 위로는 대나무 대에 천으로 벽을 세운 집들이 올라가 있었다. 거리에는 이상하리만치 오가는 사람이 하나도 없었다. 을씨년스러운 분위기에 기묘함을 느끼던 엔리는 문득 집 안에서 수많은 눈들이 자신들을 지켜보고 있음을 알아챘다. 엔리는 잽싸게 걸음을 옮기며 아주아가 쓰고 있는 농을 더 깊이 눌러 얼굴을 가렸다.

팔을 치료할 수 있는 곳으로 가는 길은 마치 미로 같았다. 골목들은 좁고 어두웠고, 건물들은 벽에 핀 곰팡이의 무늬를 제외하면 어떤 장식이나 색깔도 없어 모두 비슷해 보였다. 사라는 불광동에 한두 번 와 본 게 아닌지 복잡한 골목 사이를 거침없이 걸어갔다. 엔리는 사라를 뒤따르며 혹시 모를 때를 대비해 길을 외우려 했지만 골목을 몇 번이나 꺾어 돌자 점점 길이 헷갈리기 시작했다.

아주아는 불광동에 들어온 뒤로 어디선가 풍겨 오는 맛있는 냄새에 코를 킁킁거리고 있었다. 따뜻한 요리를 먹어 본 기억이 거의 없는 아주아는 지금 막 만든 요리에서 나는 향긋한 냄새에 정신이 팔려 고개를 두리번거렸다. 엔리는 그런 아주아의 농을 툭툭 치며 아주아의 발걸음을 재촉했다.

사라는 점점 더 깊은 뒷골목을 향해 걸어갔다. 저녁이라고 착각할 정도로 어두운 뒷골목에는 온갖 종류의 쓰레기들이 언덕을 이루고 있었고, 쥐 떼가 그 언덕을 파먹어 대고 있었다. 사라가 발을 크게 구르자 쓰레기를 갉아 먹던 쥐들이 건물들 사이사이로 들어갔다.

사라는 쥐를 무서워하던 담이를 떠올렸다. 사라가 담이를 처음 만난 건 강남에 쥐 떼가 갑자기 출몰할 즈음이었다. 코엑스 호숫가에서 달리기를 하던 사라는 쥐 떼 한가운데서 쩔쩔매고 있는 사람, 담이를 보고 멈춰 섰다. 사라는 그때도 발을 크게 굴러 순식간에 쥐 떼를 쫓아 버렸다.

사라와 담이는 알고 보니 같은 아파트에 살고 있었다. 초등학생 때부터 육상선수가 되고 싶어 했던 사라는, 망한 세상에 스포츠가 무슨 의미가 있냐는 엄마와 매일 싸우고 있었고, 어릴 때 사고로 오른쪽 무릎 아래를 잃은 담이는 고장 난 의족을 대신할 새로운 의족을 구하러 간 아빠의 슈퍼마켓을 몇 주째 지키고 있었다. 물건이 다 팔려서 텅 빈 슈퍼마켓은 사라와 담이의 아지트가 됐다. 둘은 해가 지면 가게를 닫고 강남 곳곳을 돌아다녔다. 어디에도 마음 둘 곳 없던 둘은 많은 말을 하지 않아도 서로를 이해할 수 있었다. 담이가 혼자 발을 굴러서 쥐 떼를 쫓아 버릴 수 있게 되었을 때쯤 담이와 사라는 이미 연인이 되어 있었다.

"다 온 거야?"

유독 낡은 건물 앞에 멈춰 선 사라에게 엔리가

물었다. 사라는 고개를 끄덕이고는 건물 안으로 들어갔다.

해솔은 부소장 기혁 뒤에 앉아 나룻배의 노를 저으며 어젯밤에 '무임 발견'을 외친 걸 후회했다. 그것만 아니었다면 지금쯤 여기 홍제강이 아니라 경희궁에 있었을 테고 이 섬뜩한 서대문 수용소 단원들이랑 엮일 일도 없었을 테다.

"모든 것은 천명으로."

행색이 남루한 한 여자가 강둑에 가까워진 나룻배를 기다렸다는 듯 꾸벅 인사했다.

"모든 것은 천명으로. 무슨 일인가?"

부소장이 귀찮다는 듯 물었다.

"자청단 단원님들, 찾으시는 무임이 여자애들 맞나요? 제가 본 것 같아서요. 새벽에 첨벙, 첨벙 소리가 들려서 무슨 소리인가 하고 벌떡 일어나서 살펴봤죠. 물 위로 머리만 빼꼼 내밀고 누가 강을 건너고 있더라고요. 피부가 새까만 꼬마도 뒤따르고요."

여자가 의기양양하게 말했다.

"사실인가? 둘이 어디로 갔는데?"

부소장이 황급히 물었다.

"저 둑 너머로 갔습니다."

여자가 건너편 강둑을 손으로 가리키며 답했다. 부소장이 당장 나룻배를 건너편 둑으로 옮기라고 명령했다. 정신없이 지시하는 부소장에게 여자가 한마디를 덧붙였다.

"참, 둘이 아니라 셋이었어요."

또 다른 한 명이 누구일지 생각하니 해솔은 아까 찔린 배가 아파 오는 것만 같았다.

계단은 대나무를 적당히 엮어서 만든 탓에 삐그덕 소리를 냈다. 엔리는 어깨 통증을 더 극심하게 느끼고 있었다. 사라가 발라 줬던 약초의 효능은 이미 끝나 버린 듯 어깨에서 피가 계속 새어 나왔다. 피를 많이 쏟은 탓에 어지러워 다리가 후들거렸지만, 손목에 묶어 놓은 빨간 천을 보며 '복수'와 '베트남'이 점점 가까워지고 있다고 생각하며 견뎌 냈다.

아주아는 다시금 풍겨 오는 맛있는 냄새에 침을 삼키고 있었다. 냄새가 풍겨 오는 곳은 바로 옆집인 것 같기도 하고 아랫집인 것 같기도 했다. 아주아는 음식

냄새를 맡으니 왠지 엄마 아빠가 생각났다. 엄마가 만드는 가나 음식은 어떤 냄새가 날지 궁금해하며, 저 향기로운 냄새가 엄마가 해 주는 가나 음식이면 얼마나 좋을까 하고 생각했다.

셋은 건물 꼭대기인 8층까지 올라갔다. 사라가 벽처럼 걸린 천을 걷더니 천 뒤에 숨겨진 문을 조심스럽게 두드렸다.

"카밀라 선생님. 저예요."

사라가 작은 목소리로 카밀라를 부르고 얼마 뒤, 검은색 긴 생머리의 카밀라가 얼굴을 빼꼼 내밀었다. 카밀라는 사라를 보고는 환하게 웃으며 사라 일행을 맞아 주었다.

집 안으로 들어가자마자 엔리는 제대로 찾아온 게 맞는지 의문이 들었다. 쓰레기장처럼 보이는 집 안에는 해괴한 장식품들과 용도를 알 수 없는 물건들이 가득 채워져 있었다. 그 사이에는 손님들을 구경하듯 자리를 잡고 서 있는 까마귀도 있었다. 아주아는 까마귀와 친구라도 되고 싶은 듯 까마귀에게 안녕 하고 말을 걸었다.

"너무 오랜만이다 얘, 어디서 어떻게 지낸 거야? 연

락도 안 하고. 해방전선도 요즘엔 조용해."

카밀라가 사라를 껴안으며 발랄한 목소리로 말했다. 카밀라의 빨간색, 노란색, 파란색이 섞인 옷이 나풀거렸다.

"전 뗏목 집에서 쥐 죽은 듯이 살았죠 뭐. 선생님, 저희 얘기는 조금 있다 하고 우선 얘 좀 봐 주세요. 어젯밤에 화살에 맞았거든요. 피를 많이 흘렸는데 괜찮을까요?"

사라가 카밀라에게 엔리의 상태를 설명하자 카밀라가 걱정스러운 얼굴로 엔리에게 다가왔다. 엔리는 카밀라의 까만 눈동자를 보고 순혈 한국인이 왜 카밀라라는 이름을 쓰는지 궁금해졌다. 카밀라는 엔리의 상처를 주의 깊게 살피더니 의료 기구들을 꺼내어 곧장 상처를 소독하고 치료를 위해 마취를 시작했다.

엔리는 통증이 사라지는 것을 느끼며 최근에는 생각할 수 없었던 즐거웠던 순간, 기분 좋았던 순간을 여유롭게 떠올려 보았다. 집 뒷산에서 해돋이를 보던 때를 생각하던 엔리의 머릿속에 갑자기 헤엄치는 아주아의 모습이 떠올랐다. 갑자기 엔리의 머릿속에 헤엄치는 아주아의 모습이 떠올랐다. 새끼 고래처럼 자유롭게 물속을 유영하는 아주아의 힘찬 모습이 떠오르자 엔리는 깜짝 놀라 다른 생각을 하려고 했다. 그러나 또다시 아주아의 헤엄치는 모습이 아른거렸다. 엔리는 찢어진 살을 꿰매 주는 카밀라의 진지한 얼굴에 안심하며 이내 깊은 잠에 빠져들었다.

파도가 잔잔하게 부서지는 모래사장, 엔리와 엄마, 아빠는 돗자리를 펴고 앉아서 먼바다를 바라보며 웃고 있었다. 10월의 따뜻한 해변을 즐기던 그때, 어디선가 큰 폭발음이 들렸다. 엄마 아빠가 일하는 원자력발전소 쪽에서 또 한 번 콰과광— 하는 폭발음이 들려왔다. 연기가 피어오르는 원전을 보는 엄마 아빠를 엔리가 애타게 부르자 둘은 엔리를 향해 고개를 돌렸다.

뚝뚝.

검붉은 피가 떨어졌다. 엄마 아빠 뺨에 칼로 새겨진 '무'라는 글씨에서 흘러나온 피가 사방으로 퍼졌다. 핏방울이 그놈의 얼굴에 튀었다. 그의 얼굴은 흐릿해서 잘 보이지 않았지만 자신을 꼼꼼히 살피고 있었다는 것은 알 수 있었다.

"가져가야 할까? 아님 죽여야 할까?"

그가 칼끝으로 엔리의 턱을 치켜세우며 말했다. 마치 외출하기 전 비옷을 챙길지 말지를 묻듯 일상적인 목소리였다. 칼이 엔리의 얼굴을 향해 쑤욱 다가오자 엔리는 온몸에 힘이 쭉 빠지고 말았다. 엔리가 의식이 점점 멀어지는 것을 느끼며 곧 다가올 죽음을 예감했을 때, 그가 엔리의 어깨를 부드럽게 흔들었다.

"근육은 움직일 때가 써는 맛이 좋지. 정신 좀 차려 봐."

걱정이 듬뿍 서려 있는 목소리, 밖에서 집 안으로 달려오는 군홧발 소리, 남자를 이수라고 부르는 자청단 단원들의 말소리……. 일어나던 이수의 주머니에서 무언가 툭, 하고 떨어졌다. 엔리는 감기는 눈꺼풀 사이로 그것들을 봤다. 살점 덩어리, 아니 엄마의 입술이었다.

"네 코가 마음에 들어. 조금 더 근육을 써 봐. 근육들이 제자리를 찾으면 내가 잘라 줄 테니까."

이수가 엔리의 귓가에 따뜻하게 속삭였다.

타일에 발이 박힌 듯 꼼짝도 못 하는 엔리에게 피투성이의 아빠와 입술이 잘린 엄마가 무어라 소리쳤다.

"일어나! 엔리 언니!"

아주아가 엔리 귓가에 대고 고함을 질렀다.

엔리가 부스스 눈을 떴다. 사라와 카밀라, 아주아 모두 허둥지둥하고 있었고, 아래층에서는 사람들이 뛰어오는 소리가 들렸다.

"뒷문으로 나가. 여긴 내가 어떻게든 할 테니까."

카밀라가 사라에게 촉박하게 말했다.

엔리와 아주아, 사라는 뒷문으로 달려갔다. 사라가 먼저 계단을 뛰어 내려갔다. 두꺼운 양말을 겹쳐 신은 아주아도 다행히 민첩하게 계단을 뛰어갔지만, 마취가 덜 깨어 비몽사몽한 엔리가 문제였다.

곧 순혈 한국인들이 카밀라의 집에 들이닥쳤다. 불광동의 유일한 의료인인 카밀라에게 예의를 표한 순혈들은 무임들이 오지 않았냐고 물었다. 카밀라가 지금 막 일어나서 모르겠다고 둘러댔지만, 순혈들은 금세 살짝 열려 있는 뒷문을 발견했다.

"빨리 내려와!"

계단을 다 내려간 사라와 아주아가 엔리를 불렀다. 마음이 급해진 엔리는 점점 가까워져 오는 순혈 무리를 보며 몇 계단씩 뛰어 내려갔다. 엔리가 2층까지 왔을 때, 투두둑 하고 엉성하게 만들어진 대나무 계단이 일순간 부서져 내렸다. 엉겁결에 계단에 주렁주렁 매달린 순혈들이 떨어지지 않으려 옆 건물 난간으로 뛰어들었다. 1층으로 추락한 엔리는 신음하며 어깨를 부둥켜안았다.

"정신 차려. 복수 안 할 거야?"

헐레벌떡 달려온 사라가 엔리를 일으켜 세우며 말했다. 엔리는 그제야 이곳이 꿈이 아닌 불광동이라는 걸 깨닫고는 발을 빠르게 움직였다.

해솔은 벼를 짓밟으며 달리고 있었다. 땅이 온통 진흙인 탓에 다리가 무거웠지만 광분한 부소장 기혁의 빠른 속도에 맞춰야만 했다. 나머지 일곱 명의 단원도 기혁처럼 미친 소가 된 것마냥 돌진하고 있었다. 해솔은 되는 대로 무임들을 사냥해서 죽이려는 서대문 수용소 소속 단원들과는 더 이상 엮이고 싶지 않았다. 순혈 한국인들을 들볶고 상급 단원들에게 괴롭힘 당하던 경희궁의 생활이 그리워질 정도였다. 해솔은 다시 한번 어젯밤 '무임 발견'을 외쳤던 것을 후회하며, 살아서 자청단을 탈퇴할 방법이 없을까 궁리했다.

저 멀리 불광동이 어스름하게 보이기 시작했다.

엔리와 아주아, 사라는 바짝 뒤따라오는 순혈 무리에게 잡히지 않기 위해 계속 뛰었다. 셋은 쥐 떼가 장악한 쓰레기 더미를 뛰어넘고, 오물로 가득 찬 구덩이를 피해 넘어, 곰팡이가 슬어 있는 건물들과 파리가 꼬인 부랑자들을 수없이 지나쳤다. 그런 셋을 건물 안의 검은 눈빛들이 뒤쫓고 있었다.

미로 같은 한 골목 벽에 사라가 멈춰 서자 엔리와 아주아도 나란히 붙어 섰다. 순혈들이 다가오는 소리가 들려오자 셋은 동시에 숨을 꾹 참았다. 순혈들은 엔리, 아주아, 사라와 마찬가지로 삐쩍 말라 있었고 걸치고 있는 옷은 걸레라고 해도 될 정도로 낡고 해져 있었다. 마지막으로 씻은 것이 언제였는지 알 수 없을 정도로 거뭇거뭇하게 때가 낀 모습이었다. 순혈들은 튀어나온 안구에 살기를 그득 채운 채로 직접 만든 무기를 하나씩 들고서 골목을 휘저었다. 나무를 깎아 만든 꼬챙이와 방망이에 못을 박아 만든 무기들에는 검붉은 피가 말라붙어 있었다.

"딸꾹."

아주아였다.

엔리네가 숨어 있는 골목을 지나쳤던 순혈들이

재빠르게 뒤돌아 걸어왔다. 엔리와 사라, 아주아는 다시 뜀박질 치기 시작했다. 너무 좁아 한 명이 지나가기에도 어려운 골목을 지나자 뒤를 쫓는 순혈들과 거리가 조금 벌어졌다. 엔리네보다 덩치가 큰 순혈들은 좁은 골목에서 더 느리게 달릴 수밖에 없었다. 골목을 수월하게 빠져나가던 아주아가 또다시 아까 맡았던 맛있는 냄새가 코에 들어오자 냄새가 나는 쪽으로 고개를 돌렸다. 골목 끝 커다란 찜기에서 하얀 김이 올라오고 있었다. 그 위에는 무언가가 걸려 있었다. 아주아는 저것이 자신이 언젠가 들어 본 적 있는 돼지라는 동물이 아닐까 생각하며 돼지를 익히면 이런 맛있는 냄새가 나는구나 생각했다. 그러나 아주아와 마찬가지로 골목 안에서 풍겨 오는 냄새에 시선을 뺏긴 엔리는 보고 말았다. 이곳저곳이 잘려 나간 채 매달려 있는 시체를.

시체를 본 엔리는 코를 킁킁거리는 아주아의 손을 꼭 잡았다. 한참을 뒤도 돌아보지 않고 뛰던 셋 앞에 엇비슷하게 생긴 건물들이 줄지어 펼쳐지자, 사라는 조금만 더 가면 북한산이라고 숨을 헐떡이며 말했다. 셋을 뒤쫓던 순혈 무리는 맛있는 냄새가 나는 바로 그 골목 사이에 끼어서 버둥거리며 나오려고 애쓰고 있었다.

같은 시간, 기혁을 필두로 한 자청단 추적조가 불광동으로 들어섰다. 자청단이 온 걸 본 순혈들이 일제히 문을 열고 수상한 애들이 지나갔다며 길을 안내한 덕에 추적조는 따로 탐문할 필요도 없었다. 순혈들의 안내대로 불광동 골목을 몇 번 꺾은 추적조는 도망치고 있는 엔리와 아주아, 사라를 대번에 찾아냈다. 추적조가 어린아이도 있는 셋을 향해 일말의 망설임도 없이 화살을 장전하자 해솔은 혀를 내둘렀다.

아주아는 계속 달린 탓에 다친 발이 점점 아파왔다. 다 아물지 않은 상처가 벌어져 발바닥에 피가 고이고 있었지만 언니들에게는 아프다는 내색을 하지 않고 계속 달렸다. 엔리는 속도가 느려진 아주아의 손을 더 꽉 잡고 이끌었지만 아주아의 일그러진 얼굴은 미처 보지 못했다.

곰팡이가 슨 건물의 행렬이 끝났을 때였다. 사라가 골목 끝에 벽처럼 세워져 있는 출입관리소 안으로 뛰어 들어갔다. 검은색 제복을 입은 단원 두 명이 사라를 막아서며 신분증을 요구하자 사라가 자연스럽게 주머니에서 신분증을 꺼냈다. 단원들이 신분증을 확인하는 사이, 사라는 건물 밖에 있는 엔리와 아주아 쪽을 힐끗 봤다.

'그냥 이들에게 엔리와 아주아를 넘겨 버릴까.'

사라가 결정을 내리기도 전에 엔리와 아주아의 뒤에서 화살이 마구잡이로 날아들었다. 추적조였다. 화살을 피하려 엔리와 아주아가 관리소 안으로 뛰어 들어오자 관리소 단원 두 명이 단번에 아주아를 붙잡았다. 사라는 쉴 새 없이 쏘아 들어오는 화살을 피해 관리소 밖으로 뛰쳐나갔고, 엔리는 단원 두 명에게서 아주아를 빼내려고 안간힘을 썼다. 단원 한 명이 추적조가 쏜 화살에 맞고 옆으로 픽 쓰러졌지만 남은 단원 하나는 아주아를 붙잡고 놓아주지 않았다. 엔리는 그 단원의 팔을 허리에 차고 있던 칼로 찔러 버렸다. 단원이 칼에 찔려 피를 흘리면서도 손을 풀지 않고 오히려 발차기로 엔리의 머리를 가격하자 엔리가 뒤로 주춤 물러섰다. 아주아가 비틀거리는 엔리를 공격하려는 단원의 팔을 꽉 깨물자 단원이 일순간 아주아를 놓쳤다.

아주아는 엔리의 손을 잡고 사라가 도망친 관리소 밖을 향해 달려 나갔다. 발을 절뚝거리던 아주아가 우거진 수풀로 뛰어 들어가려는 순간, 발을 접질려 넘어지고 말았다. 아주아의 손을 놓친 엔리가 아주아를 향해 뒤를 돌아봤지만, 아주아는 이미 관리소 단원에게 붙잡혀 있었다.

"엔리 언니! 엔리 언니!!"

아주아는 경기를 일으키듯 울부짖으며 엔리를 불렀다. 엔리가 아주아를 구하려고 칼을 휘두르며 단원에게 다가가려는데 다시 추적조의 화살이 날아들었다. 화살은 당장이라도 엔리를 맞힐 것만 같았다. 엔리는 자지러지게 몸부림치는 아주아를 뒤로하고 사라가 간 방향을 향해 무겁게 발걸음을 돌렸다.

북한산이 바로 앞이었다.

7 해방전선

"진관사? 이 절에 해방전선이 있는 거야……?"

엔리가 침울한 목소리로 사라에게 물었다. 엔리는 추적조를 따돌리고 산을 올라오느라 진이 다 빠져 있었다. 어깨에서 나오는 피에 젖은 티셔츠는 엔리 몸에 끈적하게 붙어 있었고 이마에선 땀이 뚝뚝 떨어졌다. 12월 1일, 날은 언제나처럼 더웠다.

사라는 자신의 판단이 틀렸다는 생각을 하고 있었다. 엔리와 아주아의 신병을 확보하자마자 불광동이 아닌 서대문 수용소로 데려갔어야 했다. 둘을 서대문 수용소 소장에게 넘기면 그 대가로 담이를 빼내 올 수 있었을지도 몰랐다. 소장은 한 번 본 사람은 절대 잊지 않을 정도라 조심해야 한다는 말이 사람들 사이에 비밀스럽게 돌 정도였으니, 얼마 전 바람직한 자유청년 상패를 건네준 소장은 사라 자신을 기억할 터였다. 그러나 이제는 아주아가 잡혀 버린 바람에 담이를 구해 내기는커녕 사라 자신도 위험해져 버렸다. 사라는 어떻게 하면 서대문 수용소에 있을 담이를 구하고 자신까지 안전해질 수 있을지 머리를 굴렸다.

"사라야, 이 절로 가면 해방전선을 진짜 만날 수 있는 거야? 같이 복수할 사람들을 찾을 수 있는 거지? 그 사람들이랑 아주아도 구해 낼 수 있는 거지?"

엔리가 다시 사라에게 물었다. 머릿속이 복잡한 사라가 건성으로 고개를 끄덕였다. 엔리는 지쳐 보이는 사라에게 더 이상 말을 걸지 않고 조용히 사라 뒤를 따르며 저 등에 업혀 있었던 아주아의 모습을 떠올렸다. 진관사로 오는 길 내내 아주아의 손을 놓친 자신을 탓하며, 그 작은 아주아가 어떤 일을 겪게 될지 생각하니 속이 새카맣게 타는 것 같았다. 탈옥에 대한 대가로 이수 그놈에게 끔찍한 짓을 당할지도 몰랐다. 살려 달라고 애원하는 건지, 죽여 달라고 몸부림치는 건지 알 수 없었던 엄마 아빠의 모습과 화장실에 숨어서 두 분을 지켜볼 수밖에 없었던 그날의 무력감이 다시 엔리를 엄습해 왔다. 엔리는 그런 일이 생기기 전에 아주아를 반드시 구해 내야겠다고, 이수에게도 똑같은 고통을 돌려주리라고 다짐했다. 그러곤 손에 고인 땀을 털며 진관사 일주문 안으로 달려 들어갔다.

나무와 풀이 빽빽한 숲속에 자리한 진관사는 겉보기에는 평범한 절이었다. 일주문 주변으로는 높이 불어난 천이 흐르고 있었고 기와로 지어져 있는 여러 전각들은 굳건히 서 있었다. 엔리를 향해 얇은 회색 법복을 입은 사람들이 걸어왔다. 엔리는 혹시나 자신이 무임인 것을 들킬까 봐 걱정돼 시선을 피했지만 사람들은 엔리에게 합장만 할 뿐 신경도 쓰지 않고 지나갔다.

사라는 대웅전 쪽이 아닌 나무들이 빼곡하게 자라 있는 샛길 앞에 멈춰 섰다. 그러고는 주황색 귤이 달린 귤나무와 노란색 바나나가 달린 바나나나무들 틈 사이를 비집고 대나무 숲으로 들어갔다. 엔리는 사라가 어디로 가는지 알 수 없었지만 군말 없이 사라 뒤를 따랐다. 나뭇가지들이 엔리의 팔을 긁어 대길 잠시, 오층탑이 나타났다. 탑은 군데군데 부서져 있기는 했지만 여전히 기세등등했다.

"사라 보살. 어서 오십시오."

회색과 갈색으로 된 가사를 입은 스님이 사라를 불렀다.

"정진 스님, 안녕하셨어요."

사라가 정진에게 합장하며 인사했다.

"안녕하세요……. 저는 엔리라고……."

엔리는 순혈 한국인으로 보이는 정진을 보고 놀라서 더듬더듬 말했다.

"카밀라 선생이 까마귀로 전서를 보내와서 이미 알고 있습니다. 많이 다치셨다던데 좀 괜찮으십니까? 여기까지 무사히 오셔서 정말 다행입니다."

정진이 엔리를 반갑게 맞이했다. 곧 회색 법복을 입은 꼬마들이 엔리에게 달려오더니 온갖 질문을 해댔다. 아이들 중에는 아주아처럼 피부색이 어두운 아이도 있었고, 한 팔을 잃은 아이도 있었고, 겉으로 봐서는 무임으로 분류될 이유가 없어 보이는데도 볼에 '무' 자 낙인이 찍힌 아이도 있었다. 이 아이들은 자청단 때문에 부모를 잃고 진관사에 들어와 동자승으로 지내는 듯했다. 그런 아이들을 본 엔리의 목이 갑자기

메어 왔다. 해맑게 웃던 아이들이 질문을 멈추고 의아한 표정을 지으며 엔리에게 괜찮냐고 물었다. 자리에 털썩 주저앉은 엔리가 흐느끼고 있었다.

나무로 만들어진 목욕통에서 뜨거운 김이 올라왔다. 수년 만에 깨끗한 물 안에 몸을 담근 엔리는 이렇게 따뜻한 물에 목욕한 게 언제였는지 생각도 나지 않았다. 몇 년간 쌓였던 피로가 단숨에 날아가는 것만 같았다. 엔리는 쓰레기 하나 떠 있지 않은 깨끗한 물을 손으로 받아서 냉큼 마셨다. 물맛이 설탕처럼 달자 아주아가 신나게 홀짝거렸던 물도 이렇게 달았을까 생각했다. 목욕통 주위로 자라 있는 대나무들이 바람에 흔들렸다. 몇 시간 전까지 자청단에게 쫓겼던 일이 거짓말인 것처럼 평온한 밤이었다. 엔리가 그 순간을 즐긴 것도 잠시, 부모님과 아주아를 생각하니 이렇게 편안한 시간을 보내는 것이 죄스럽게 느껴졌다.

엔리는 조금 전의 저녁 식사 시간을 생각했다. 해가 다 지고 하늘이 깜깜해진 뒤에야 비밀스럽게 시작된 저녁 식사에는 스님들과 아이들, 사라, 어딘가에 숨어 있던 해방전선 대원들까지 모두 함께했다. 대원들

중에는 낙인이 크게 찍혀 있는 이들이 대부분이었지만 그렇지 않은 이들도 여럿 있었다. 아이들은 엔리 옆에 다가와서 궁금한 걸 이것저것 물었다. 엔리가 어디에서 왔는지, 밖에서 뭘 했는지, 얼굴에 낙인도 없는데 왜 여기로 왔는지 등등의 질문들이었다. 그러자 옆에 있던 승하가 아이들에게 우선 밥부터 다 먹고 나서 물어보라고 타일렀다. 승하는 볼에 낙인이 찍힌 백인 여자였다.

"전 괜찮아요. 난 복수하려고 왔어. 서대문 수용소 소장한테."

엔리가 다짐하듯 말했다. 그 말에 아이들과 승하, 사라, 정진, 그리고 다른 해방전선 대원들도 일제히 엔리를 쳐다봤다. 잠시의 침묵을 깬 건 정진의 웃음소리였다.

"허허, 그랬군요. 그 이야기는 내일 다시 합시다. 우선 공양을 마저 드시지요."

정진이 엔리를 보며 인자하게 말했다. 대원들이 다시 숟가락을 들었다. 대원들의 눈에는 이글거리는 분노가 서려 있었다.

그 눈빛을 떠올리던 엔리가 고개를 치켜들고 밤

하늘을 올려다봤다. 잠들기를 잊은 까만 새 한 마리가 남쪽을 향해 날아갔다. 얼굴에 붙은 머리카락을 쓸어 올리는 엔리의 새까만 눈동자가 형형하게 빛나고 있었다. 마치 칼날처럼.

그 시각, 진관사 근처의 한 땅굴 안에서는 해방전선 대원들이 습격 계획을 세우고 있었다. 당장 서대문 수용소를 치고 사람들을 구출해야 한다는 대원들과 조금 더 준비해서 제대로 습격해야 한다는 대원들의 입장이 팽팽하게 맞섰다. 정진은 최근에 천명이 자청단 수뇌부들을 모았다는 첩보를 떠올리며 움직여야 할 때가 언제인지 계산해 보고 있었다. 서로 의견을 좁히지 못하던 대원들이 말을 멈추고 정진을 바라봤다. 정진의 결정을 원하는 눈빛이었다.

"습격은 곧 결행할 겁니다. 다만 무기가 더 필요합니다. 천명이 총을 비롯한 화기들을 통제해 자청단에도 총이 별로 없다고 해도, 절대적 수가 적은 우리가 습격에 성공하려면 만반의 준비가 필요합니다. 무기는 백방으로 구하고 있으니 다들 각자 훈련하면서 조금만 더 버팁시다."

정진이 대원들을 아우르며 말했다.

엔리는 시원한 공기에 눈을 떴다. 열린 방문 밖에는 녹색 도복을 잘 갖춰 입은 사라가 서 있었다. 엔리는 몇 년 만에 처음으로 깨끗하고 잘 건조된 이불 위에서 곤히 자고 있었음에도 사라를 보고 단숨에 몸을 일으켜 세웠다.

훈련을 하러 북한산 깊이 올라온 사라와 엔리 사이에 미묘한 긴장이 흘렀다.

"칼로 누굴 제대로 찔러 본 적 있어?"

사라가 엔리에게 차가운 목소리로 물었다. 엔리는 고개를 저었다.

"다른 훈련을 받아 본 적은 있어?"

사라의 물음에 엔리는 한 번 더 고개를 저었다.

"어깨는 다치고 근육은커녕 살도 없는 데다 훈련도 안 받아 본 애가 복수는 어떻게 하려고?"

사라가 한심하다는 듯 물었다.

"지금부터 강해질 거야. 그러니까 뭐든 시켜 줘. 난 죽기 살기로 강해질 거니까."

엔리가 결의에 찬 표정으로 답했다.

"우선 달리기부터 시작하자."

한 번에 한 시간으로 시작한 달리기는 며칠 뒤 두 시간으로 늘어났다. 달리기를 마친 엔리는 돌을 담아 만든 주머니를 양팔과 다리에 묶은 뒤 돌 주머니를 수백 번 들어 올려야 했다. 그 후엔 나무 사이에 설치된 노끈에 매달려 턱걸이를 하고, 나무 몸통을 잡고 나무 위로 올라갔다가 내려와서, 더 커진 돌 주머니를 50번 들어 올린 후 다시 달려야 했다. 이 과정을 세 번 반복할 때쯤 되면 엔리는 거의 탈진 직전이 되었다. 사라는 엔리가 쓰러지든 말든 상관없다는 듯 훈련을 이어 나갔고, 엔리는 쉬고 싶어 하는 자신의 몸을 매번 어떻게든 일으켜 세웠다.

엔리는 첫날 저녁 식사 시간 때 봤던 다른 해방전선 대원들은 거의 마주치지 못한 채 매일같이 사라와 산속에서의 훈련을 거듭했다. 해가 뜨기 전에 산으로 가서 해가 진 밤이 되어서야 진관사로 돌아오는 날의 반복이었다. 엔리는 진관사로 돌아오는 밤마다 엄마 아빠를 생각하며 베트남어를 연습했고, 이수에게 복수할 날이 머지않았다고 여기며 지친 몸을 움직였고, 아주아를 구출해 낼 수 있으리라 믿으며 수용소로 가는 날만 기다렸다.

엔리는 잠이 오지 않는 밤이면 엄마의 유품인 나무통과 빨간 천을 끌어안고 모든 것이 온전했던 과거를 추억했다. 잠이 들려고 하면 눈을 부릅뜨며 잠드는 걸 미루기도 했다. 매일 이수가 나오는 악몽을 꾸고 있었기 때문이다. 어떤 날은 그날처럼 아빠와 엄마를 찔렀고, 어떤 날은 아빠와 엄마를 불에 태웠고, 어떤 날은 아빠와 엄마를 뜯어 먹었고, 어떤 날은 아주아를 칼로 자르고 있었다. 똑같은 것은 이수의 표정뿐이었다. 엄마 아빠 아주아가 피를 쏟아 내고 있는데도 신나게 웃고 있는 이수와 눈이 마주치면 엔리는 허공에 발과 주먹을 내지르며 악몽에서 깼다. 이불은 늘 식은땀으로 축축했다. 날이 가면 갈수록 어쩐지 악몽은 더 심각해지는 듯도 했다.

훈련을 시작한 지 열흘이 지나자 엔리는 제법 날렵하게 움직이기 시작했다.

"엔리 보살, 훈련은 할 만하신가 모르겠습니다."

대나무로 둘러싸인 북한산 중턱으로 올라온 정진이 엔리를 불렀다. 엔리는 고개를 끄덕이곤 돌 주머니를 계속 들어 올렸다. 정진 옆에는 열두 살 남자아이

민주가 서 있었다.

"정진 스님, 어쩐 일로 여기까지 올라오셨어요?"

사라가 정진에게 합장하고선 물었다.

"이제 슬슬 겨루기를 할 때가 되지 않았나 싶어서 왔습니다."

정진의 말에 엔리가 벌떡 일어섰다.

"저도 드디어 싸움 기술을 배울 수 있나요? 체력은 진짜 좋아졌어요."

엔리가 팔 근육에 불끈 힘을 줘 보이며 말하자, 흐뭇한 표정의 정진이 민주에게 고개를 끄덕였다.

"민주랑 연습하라고요? 얘가 남자애긴 해도…… 한 팔이 없잖아요. 근데 제가 얘랑 어떻게 싸워요."

엔리가 난감해하며 말했다. 민주가 자세를 낮추며 고쳐 서자 엔리는 이 애가 자신과 싸울 수 있는지 의구심이 들었다. 장애인과 싸워도 되는지 걱정까지 하고 있었지만, 민주는 열두 살 어린이가 아닌 무사의 표정으로 돌변해 있었다.

먼저 공격한 건 엔리였다. 엔리는 그동안 키운 근육을 뽐내며 팔을 뻗었다. 민주는 그런 엔리의 주먹을 쉽게 피한 뒤 발을 걸어 엔리를 넘어뜨렸다. 민주가 무릎으로 엔리의 등을 찍어 누르자 엔리가 캑캑댔다. 사라와 정진은 엔리와 민주가 대련하는 동안 비밀스럽게 이야기를 나누었다. "서대문, 그믐달, 습격"이라는 단어가 들린 듯도 했다.

경희궁에서 서대문 수용소로 차출된 해솔은 매일 근무가 끝나는 시간만 기다렸다. 해솔은 아주아를 생포하는 데 큰 역할을 한 덕에 진급과 함께 서대문 수용소로 근무지가 옮겨졌지만 정작 본인은 서대문 수용소로 오게 된 것이 전혀 기쁘지 않았다.

서대문 수용소에 속한 단원들의 주 임무는 무임을 잡고 무임을 관리하는 일이었다. 하루 종일 일해야 했던 경희궁 때와 달리 수용소에서는 하루에 여섯 시간만 근무하면 됐고 훨씬 맛있는 밥도 먹을 수 있었다. 경희궁에 있을 때처럼 순혈 한국인이 사는 마을들을 돌아다니며 쓸모 있는 것들을 걷으러 다닐 필요도 없었다. 단지 수용소에 갇혀 있는 무임들이 도망가지 않고 잘 갇혀 있는지만 보고 있으면 됐다.

그러나 해솔은 수용소 안의 무임들을 가만히 보고 있기가 괴로웠다. 그들은 거의 죽어 가고 있었다. 말은 도망가지 않는지 감시하는 것이었지만, 해솔은 사실 자신의 임무가 무임들이 잘 죽어 가고 있는지 확인하는 것이 아닐까 싶었다.

해솔은 이 임무가 끔찍하다고 생각하면서도, 놓친 두 명을 쫓는 추격조에 포함되지 않은 것과 매일 죽기 직전까지 물질을 하며 통조림을 찾아오는 아주아를 관리하지 않는 것만은 다행이라 생각했다.

엔리와 민주는 매일같이 겨뤘다. 일주일 동안 겨루기를 하면서 단 한 번도 이기지 못하자 엔리는 답답해서 미칠 지경이었다. 엔리는 자기가 자꾸 지는 이유가 2년 만에 생리를 해서인지 자신이 힘이 너무 약해서인지 도통 알 수 없었다. 엔리는 열두 살 아이한테도 이기지 못하는데 어떻게 이수를 죽일 수 있을지 막막하게 느껴져, 하천에서 빨고 있던 도복을 홧김에 던져 버렸다. 녹색 도복이 하천을 따라 아래로 흘러가자 당황한 엔리가 하천을 따라서 빠르게 달리기 시작했다. 엔리의 달리기 속도는 느리지 않았지만, 그보다 월등히 빠른 하천의 물살을 이길 수는 없었다. 엔리가 일주문 밖까지 달려 나왔을 때였다. 불쑥 어둠 속에서 손이 나타나 도복을 잽싸게 건져 냈다.

"도복 잘 챙겨. 너 하나 때문에 해방전선의 위치가 탄로 날 수는 없잖아."

사라였다. 엔리는 갑자기 나타난 사라를 보고 깜짝 놀랐다. 복면을 쓴 채로 머리부터 발끝까지 다 젖은 모습이 예사롭지 않아 보였기 때문이다.

"저녁도 안 먹고 어디 다녀온 거야?"

엔리가 놀라지 않은 척 물었지만, 사라는 아무런 대답도 하지 않고 일주문을 지나 진관사로 들어갔다. 다리를 다쳤는지 발까지 절고 있었다.

"너 괜찮은 거야? 다 젖어 있는 것도 그렇고, 발은 또 왜 그래?"

엔리가 걱정하며 물어도 사라는 여전히 대꾸하지 않았다. 사라는 홍제강에 뗏목을 묶어 놓느라 진땀을 뺀 것도 모자라서 진관사로 올라오는 길에는 자청단의 눈을 피하느라 정신없이 달린 탓에 엔리와 이야기할 힘이 없었다.

"내가 도와줄 거라도 있어? 네가 우리를 도와준 것처럼 나도……."

엔리가 사라의 어깨를 잡아 세우며 사람 좋게 말

하자 사라는 울컥했다. 아무것도 할 줄 모르는 주제에 뭐든 할 수 있다고 생각하는 엔리에게 울화가 치밀었다. 자신은 담이를 구해 내기 위해 온갖 수단과 방법을 다 쓰고 있는데 엔리는 어떻게 저렇게 현실성 없이 순진하게 구는지 이해할 수 없었다.

"됐어. 넌 여차하면 도망갈 준비나 해. 모든 게 다 끝나면 베트남으로 갈 거라면서. 근데 그거 알아? 베트남도 거의 다 잠긴 거. 너 베트남 북쪽으로 갈 거라고 했지? 북쪽에 있던 하노이는 이미 사라진 지 오래야. 운이 좋으면 네가 가려는 지역은 남아 있을 수도 있겠다. 근데 널 받아 줄까? 넌 한국인이잖아. 한국에선 베트남인이지만 말야."

사라가 엔리를 콕콕 찌르듯 말했다. 엔리가 사라의 뜬금없는 공격에 분해하면서도 입에 자물쇠를 채운 듯 아무 말도 못 하자, 사라는 그럴 줄 알았다는 듯 비키라며 엔리를 어깨로 퍽, 치고 진관사 안으로 들어갔다.

"네가 날 알아? 넌 무임도 아니잖아. 넌 태어난 것 때문에 누군가에게 공격받고 죽을 뻔한 적 있어? 그래, 난 베트남인도 한국인도 되지 못해. 어디에도 갈 곳이 없다고. 그게 어떤 건지 네가 알아?"

엔리가 사라 등 뒤에 대고 고래고래 소리쳤다. 사라는 잠시 움찔하는 듯했지만 걸음을 멈추지 않았다. 엔리는 축축하게 젖은 도복을 꽉 쥔 채, 멀어져 가는 사라를 쏘아봤다.

이틀 뒤, 엔리는 다시 민주와 겨루게 됐다. 오랜만에 산으로 올라온 정진은 서로 등을 돌리고 있는 사라와 엔리를 신경 쓰면서도, 민주를 마주한 엔리의 기운이 강렬해진 것을 기특해했다.

매서운 눈빛으로 틈을 보던 엔리가 민주를 향해 주먹을 내질렀다. 민주는 다행히 엔리의 주먹을 피했지만 곧 엔리의 발차기가 허벅지로 날아왔다. 민주가 엔리의 발을 한 손으로 잡아 비틀기를 시도하기도 전에 엔리가 공중에서 몸을 둥그렇게 말아 다른 발을 민주의 어깨에 내리꽂았다. 민주가 몸을 들자마자 엔리가 민주의 턱을 발로 차 민주를 단숨에 쓰러뜨렸다. 아홉 번 만에 엔리가 민주를 이겼다.

"엔리 보살 정말 많이 강해졌군요. 지금까지 이 깊은 숲속에서 훈련하느라 고생 많았습니다. 지금 당장 자청단이 쳐들어온다고 해도 대원 한 명의 몫은 제대로 할 수 있겠군요."

정진이 박수를 치며 엔리를 격려했다.

"스님, 정말 자청단이 진관사로 쳐들어와요?"

진 게 분해서 씩씩대던 민주가 물었다.

"민주 보살, 아무리 자청단이라 해도 이렇게 법복을 입고 머리까지 깎은 스님들을 무작정 공격할 순 없답니다. 그러니 제가 스님인 척하듯 민주 보살도 동자승으로 행동하는 걸 소홀히 해선 안 돼요. 항상 합장도 진지하게 하고요. 그래야 저희를 거둬 주신 스님들께도 피해가 가지 않고 저희도 안전하지요."

정진이 민주의 밤톨 머리를 쓰다듬으며 말했다.

"저 어린애 아니에요."

민주가 뾰로통하게 답하곤 합장을 하더니 진관사 쪽으로 내려가 버렸다.

"사라 보살, 이제 엔리 보살에게 석궁을 주시지요."

뿔이 나 달려가는 민주를 귀엽게 바라보던 정진이 사라에게 말했다. 사라가 영 내키지 않는 표정으로 나뭇가지 위에 숨겨 놓았던 석궁을 엔리에게 건네자, 엔리는 이게 뭐냐고 물었다.

"네가 항상 등에 메고 다니던 그 석궁."

사라가 무뚝뚝하게 답했다.

"엔리 보살이 가지고 온 그 나무통 말입니다. 그 안에 있던 게 바로 석궁입니다. 제가 바로 실전에 쓸 수 있도록 좀 다듬었습니다."

정진이 덧붙여 설명했다.

"그 나무통……?"

진관사에 온 후로 나무통을 한밤중에 안고만 있었지 열어 보지는 않았던 엔리는 놀랐다. 엔리는 석궁을 손에 쥐고 자신이 가지고 있었던 그 나무 막대들이 맞는지 천천히 살펴봤다. 갈라져 있던 나무 막대들은 깔끔하게 붙어 있어 튼튼해 보였다. 활에는 빳빳한 검은 깃털이 꼿꼿하게 달려 있어 쏜살같이 날아갈 것 같았다. 엄마의 유품인 그 나무통이 사실은 석궁이었다니, 눈물이 글썽해진 엔리는 석궁을 소중하게 안으며 말했다.

"정진 스님 고맙습니다, 고마워……. 진사라."

서대문 수용소는 연말에 열릴 처형식 준비로 분주했다. 종묘에서 온 건강안전부 단원들은 수용소에 있는 무임들의 건강을 조사하며 더 쓸모가 있을지 더 이상 쓸모가 없을지 분류했다. 무임들은 어떻게든 살을 찌워 보려고 대변까지 참았고 혈색이 좋아 보이게 하기 위해 손가락을 깨물어 나온 피로 입술과 볼에 붉은 기를 더했다. 창덕궁에서 온 식품안전부 단원들은 시체가 될 무임들의 상태를 살피며, 시체를 빼돌려 육류로 가공해 만질 뒷돈 생각을 하며 기대에 부풀어 있었다. 수용소에서 자청단의 앞잡이 노릇을 하는 무임들은 처형식에 쓰일 교수대를 손보면서도, 다른 무임들에게는 곧 수용소로 들어올 범죄자들을 처형할 예정이니 걱정하지 말라는 식의 뻔히 보이는 거짓말로 무임들의 불안을 누그러뜨리려 했다. 무임들은 불길한 분위기에 두려운 와중에도 경복궁에서 온 무임관리부 단원들이 수용소 안을 잔치 장소처럼 꾸미게 시킨 바람에 바쁘게 움직여야 했다. 천명이 참여할 이번 처형식은 그 어느 때보다 화려하게 진행될 예정이었다.

서대문 수용소 안에서 헤엄을 잘 치는 것으로는 1등인 아주아는 물에 잠긴 국립중앙박물관으로 차출되었다. 아주아는 몇 날 며칠이고 물속에 들어가 처형식을 빛내고 천명을 기쁘게 할 보물들을 건져 내야만 했다. 순혈 민족들의 얼과 역사를 중요시하는 천명의 하명으로 많은 보물들이 진작에 건져졌지만, 아주아는 그보다 더 깊은 물 속으로 내려가 다른 무임들이 찾지 못했던 금속 공예품과 장신구를 건져 올렸다. 폐가 끊어질 듯 아프기를 반복하던 아주아는 보물이 뗏목 한가득 쌓인 후에야 잠수를 그만할 수 있었다. 보물을 가득 실은 뗏목은 한강을 따라 서울 서쪽의 성미산을 지나 홍제강 북부로 향했다. 아주아는 엔리와 함께 헤엄쳤던 날들을 떠올리며 양쪽 발목에 채워진 쇠사슬을 물끄러미 바라봤다.

12월은 건기인데도 며칠째 비가 쏟아지고 있었다. 세차게 내리는 비는 산 중턱의 나무와 흙을 적셔 댔다. 사라는 빗속에서도 미친 듯이 석궁을 쏘아 대는 엔리를 지켜보며 담이를 구해 낼 계획을 구체화시키고 있었다. 이전에 생각했던 것처럼 해방전선을 이수에게 넘기고 담이를 데리고 오는 건 어려울 것 같았지만, 대신 해방전선이 서대문 수용소를 칠 때 틈을 봐서 담이를 구출해 내는 건 가능할 것 같았다. 홍제강에 준비해 둔 뗏목만 도둑맞지 않고 그대로 있어 준다면 담이와 뗏목을 타고 북쪽으로 가는 건 크게 어렵지 않을 터였다.

문제는 담이가 서대문 수용소 어디에 갇혀 있느냐는 것이었다. 순혈 한국인인 담이가 다른 인종들이랑 섞여 있을 것 같지는 않았다. 사라는 담이가 성 노예가 되어 있지 않을까 하는 생각에 치를 떨었지만 이내 고개를 저었다. 그런 가능성은 생각도 하고 싶지 않았다. 같은 순혈 한국인을 설마 그렇게까지 심하게 대할까, 다리를 잘 쓰지 못하니 사무실에서 사무 업무라도 보고 있지 않을까, 사라가 그런 생각을 하고 있을 때였다.

휙.

화살이 사라를 향해 날아왔다. 사라는 신속히 몸을 뒤로 날려 피하며 발을 땅에 디뎠지만 비 때문에 발이 미끄러지고 말았다. 절벽 아래로 떨어지는 사라의 눈에 엔리가 혼비백산한 얼굴로 자청단 단원에게 석궁을 겨누고 있는 게 들어왔다. 엔리가 쏜 화살은 단번에 자청단 단원을 맞혔다. 허벅지에 화살을 맞은 단원은 사라와 엔리를 쫓던 추적조 중 한 명이었다. 엔리는 도망치는 단원을 향해 다시 석궁을 겨누었다. 숨을 가다듬고 방아쇠를 당겼지만 화살은 빗나가고 말았다.

엔리는 다시 단원에게 석궁을 쏘려고 눈을 밝혔지만 단원은 이미 빗속으로 도망친 뒤였다. 엔리는 더 이상 단원을 쫓기를 포기하고 사라를 구하기 위해 절벽을 향해 달려갔다.

사라는 절벽 아래에 솟아난 나무를 붙잡고 매달려 있었다. 하늘에 구멍이 뚫린 듯 쏟아지는 비가 사라를 쉴 새 없이 때렸다.

"사라야!"

엔리가 사라를 부르자 사라가 고개를 미세하게 끄덕거렸다. 엔리는 절벽 아래로 내려갈 방법을 찾으려 주위를 두리번거렸지만 근처에는 아무것도 보이지 않았다. 더 지체하다간 사라가 위험할 것 같아 엔리는 직접 절벽을 미끄러져 내려가기 시작했다. 절벽 곳곳의 돌이 팔과 다리에 생채기를 냈지만 엔리는 쉬지 않고 발을 옮겼다.

마침내 엔리는 사라가 매달린 나무 아래에 도착해 사라 쪽으로 등을 굽히고 섰다. 사라가 엔리의 등을 밟고 천천히 나무에서 내려와 엔리에게 업혔다. 사라를 업은 엔리는 넘어지지 않으려 허리에 힘을 주며 좁은 산길을 걸어 내려갔다. 비 때문에 많이 미끄러워 엔리는 몇 번이고 발을 헛디디면서도, 낙상의 충격 때문에 의식이 흐려지는 사라를 매번 고쳐 멨다.

"사라야, 잠들면 안 돼. 너 그 누구보다 강하잖아. 달리기도 빠르고 칼도 잘 쓰고 겨루기도 잘하고. 얼른 일어나. 나랑 아주아 때문에 뗏목 집에서 나와서 고생하고, 이렇게 훈련시켜 준 거에 대해 고맙다는 말도 못 했단 말이야. 잠든 거 아니지?"

엔리의 말에 사라는 아무 반응이 없었다.

"내가 잠 깨는 이야기 해 줄까? 나는 사실 네가 자청단 끄나풀인 줄 알았어. 사실 그렇잖아. 요즘 세상에 대가 없이 누굴 도와주는 사람이 어디 있어. 근데 너를 만나고 카밀라 선생님도 만나고 여기 해방전선까지 오니까 알겠어. 이런 세상에도 남을 돕는 사람들이 남아 있다는 거. 이수 그 새끼한테 복수하고 아주아도 구해 내고 나면 이 은혜 평생 갚을게. 그러니까 지금 잠들면 안 돼."

엔리가 숨찬 목소리로 사라에게 말했다. 잠들 뻔했던 사라가 엔리의 말을 듣고 정신을 차렸다. 사라는 다리를 비틀거리면서도 자신을 구해 주겠다는 마음 하나로 산을 내려가는 엔리를 보자 뜨끔했다. 담이만 구해 낼 수 있다면 엔리나 해방전선이 어떻게 되든 상관없다 생각했던 자신이 떳떳하지 않게 느껴졌다.

사라를 업고 진관사에 도착한 엔리는 바로 정진을 찾아 땅굴로 갔다. 땅굴에 있던 정진과 대원들은 피를 흘리고 있는 사라를 보고 깜짝 놀라 무슨 일인지 물었다. 자청단 단원에게 사라와 자신의 존재가 노출된 것 같다는 엔리의 말에 모두가 입을 다물지 못했다. 땅굴 안은 순식간에 무거운 정적으로 가득 찼다.

"이곳이 발각되는 것도 시간문제입니다. 처형식이 시작되기 전에 저희가 먼저 쳐야 합니다. 언제까지 준비만 해야 합니까?"

카밀라의 까마귀가 가져온 쪽지를 들고 있던 승하가 열을 냈다.

"처형식이라뇨? 설마 서대문 수용소에서 사람들을 죽이는 거예요?"

엔리가 기겁하며 물었다.

"카밀라 선생 말로는 일주일 뒤인 12월 31일에 처형식이 열릴 예정이라고 합니다."

정진이 칼을 땅에 꽂으며 답했다.

"그럼 당장 가요. 당장 서대문 수용소를 치러 가

요. 거기 갇혀 있는 아주아를 구해 내야 한다고요!"

엔리가 자기도 모르게 큰 목소리로 소리쳤다. 그러자 사라와 다른 대원들도 빨리 습격해 버리자며 한 마디씩 거들었다.

"알겠습니다. 동료들을 구출해 냅시다. 갇혀 있는 동료들과 사람들을 해방하기 위해 서대문 수용소로 갑시다."

정진이 단단한 태도로 말했다.

"그럼 언제 쳐들어가요?"

엔리가 보채듯 물었다.

"그믐달이 뜨는 사흘 뒤가 좋지 않겠습니까. 엔리와 사라가 자청단원과 마주친 곳은 북한산 중턱이었으니 아직 저희의 위치가 완전히 발각되지는 않았을 겁니다. 둘이 법복을 입고 있던 것도 아니고요. 게다가 뭔가 눈치챘다고 해도 처형식 준비 때문에 수용소도 어수선한 와중에 종교시설인 저희를 직접 공격하는 무리수를 두지는 않을 겁니다."

승하가 논리 정연하게 모두를 설득했다.

"그 말이 맞습니다. 당장 지금부터 무기 점검을 시작하고 서대문 수용소 습격 작전을 다시 확인합시다."

정진이 위엄을 세우며 말했다. 일순간 결의에 찬 해방전선 대원들이 모두 다 함께 "해방! 해방! 해방!" 하고 외쳤다. 사라는 빨리 자신의 몸을 낫게 하리라 다짐하며 서대문 수용소 담장을 뛰어넘어 담이를 다시 만날 순간을 고대했다. 엔리 또한 빨라지는 심장박동 수를 느끼며 이수의 역겨운 얼굴을 뭉개 버리고 아주아를 구해 낼 순간을 생생하게 그려 보았다.

8 타오르는 산

스물다섯 명의 해방전선 대원은 진관사와 북한산 곳곳에 숨겨 놓은 무기들을 모으기 시작했다. 근거리 사격용 석궁과 장거리 사격용 활, 방수 처리된 폭탄, 독침 발사용 바람총, 단도와 장검 등등이 대나무 숲 한가운데에 쌓여 갔다. 모든 대원은 녹색 긴소매 전투복을 입고 있었다. 정진을 포함해 스님 행세를 하던 대원들도 가사를 벗고 전투복 차림이었다. 녹색 전투복에는 해방전선의 상징인 세찬 파도가 하얀 실로 수놓여 있었다.

맡은 지역의 무기들을 모두 챙겨 온 엔리가 민주와 대련하고 있던 승하에게 겨루기를 요청했다. 엔리는 습격 전까지 어떻게든 전투 실력을 키우기 위해 강해 보이는 대원들에게 겨루기를 청하고 있었다. 금발인 승하는 땅굴 안에 숨어서 무술 훈련만 한 덕에 살상 기술이 최고인 대원 중 하나였다. 엔리는 승하의 약점을 파악하기 위해 승하 주변을 빙빙 돌았지만, 그러기도 잠시, 승하의 다리가 엔리의 가슴팍을 찼다. 엔리는 순간적으로 피하는 데는 성공했지만 키가 상대적으로 작아서 승하와 거리를 좁히기는 어려웠다. 승하는 틈을 찾으려 애쓰는 엔리에게 어깨를 가리켰다. 엔리에게 석궁을 쓰라는 소리였다. 엔리가 석궁에 화살을 메기려고 할 때, 승하가 곧장 석궁을 든 엔리의 팔을 한 손으로 제압했다.

"석궁은 미리 화살을 걸어 놓을 수 있으니까 첫 한 발은 미리 장전해서 바로 쏠 수 있게 해 놔. 이동하면서도 틈틈이 장전하는 거 잊지 말고. 그래야 네가 살 수 있어."

승하는 그렇게 말하고선 돌아갔다. 엔리는 다시 한번 석궁에 활을 메기고는 승하가 한 말을 머리에 되뇌며, 우두커니 서 있는 사라에게 다가갔다. 사라는 절벽에서 떨어질 때 발목을 다쳐서 빠르게 뛰는 게 무리인 탓에 훈련도 하지 못하고 한숨만 푹푹 쉬고 있었다.

"나도 승하 언니처럼 강해지면 좋겠다. 너랑 승하 언니랑 싸우면 누가 이겨?"

엔리가 풀이 죽어 있는 사라에게 한숨을 내쉬며 말했다.

"내가 당연히 이기지. 승하 언니는 기술은 좋은데 지구력이 부족해. 언니 체력이 떨어질 때까지 기다려서 그때 공격하면 돼. 승하 언니를 이기려면 아무래도……."

"그냥 해 본 말이야. 발은 좀 어때? 같이 갈 수 있을 것 같아?"

엔리가 분석적으로 말하는 사라의 말을 끊고 물었다.

"같이 갈 거야. 정진 스님은 무리라고 말했지만."

사라가 붕대를 감은 발목을 살짝 움직이며 말했다. 사실 정진은 사라에게 단순히 무리라고 한 게 아니라 지금 사라의 상태라면 오히려 작전에 짐이 될 테니 같이 갈 수 없다고 말했다. 그러나 사라는 이번 습격의 기회를 놓칠 수 없었다. 담이를 구해 내기 위해 이번에 어떻게든 서대문 수용소 안으로 들어가야만 했다.

"아주아는 잘 있을까? 내가 구하러 갈 때까지 잘 버텨야 할 텐데."

대원들의 먹을거리를 챙기는 어린아이들을 바라보던 엔리가 침울하게 말했다.

"아주아……. 살아 있다면 다행이겠지."

사라가 무심하게 대답했다.

"야, 너는 왜 말을 항상 그렇게……."

엔리가 사라를 홱 돌아보며 쏘아붙이려다 말을 멈췄다.

"말을 끝까지 해. 내가 항상 뭘 어쨌다는 거야?"

사라가 캐물었다. 엔리는 사라의 질문에 대답하는 대신 손으로 사라의 뒤를 가리켰다. 사라가 엔리 손끝이 가리키는 방향으로 고개를 돌리자, 깜깜해야 할 북한산 위쪽이 붉게 빛나고 있었다. 나무들의 흔들림이 선명하게 보였다.

"불이야!"

누군가 황급하게 외쳤다.

겨루기를 하던 대원들도, 짐을 정리하고 있던 대원들도, 먹을거리를 모으던 어린아이들도 모두 멈춰 서서 불이 난 쪽을 보았다. 대나무 숲 한쪽에서 계획을 점검하던 승하와 정진도 산 위를 살폈다.

“정진, 이상합니다. 계속 비가 와서 장작도 말리기 어려운데 산불이 날 리가 없지 않습니까. 숲이 젖어 있어서 설사 산불이 나더라도 자연적으로는 저렇게까지 불이 번질 리 없습니다.”

축축하게 젖은 땅을 만져 보던 승하의 말에 정진이 고개를 끄덕이고는 모든 대원들을 오층탑 앞으로 불러 모았다.

“자청단입니다. 우리를 찾으려고 산에 불을 지르기로 했나 봅니다. 사방이 온통 젖어 있는데 갑자기 산불이 날 리가 없습니다. 저기 보십시오. 불이 북한산성에서부터 점점 더 번지고 있지 않습니까. 자청단이 일부러 산에 불을 내고 있는 것입니다.”

정진이 화를 삭이며 최대한 이성적으로 말하려 노력했다.

“아무리 우리를 잡고 싶다고 해도 그렇게까지 하겠습니까. 나무가 없으면 뗏목도 만들지 못하고 집도 짓지 못할 텐데요. 북한산 나무들이 산사태를 막아 준다는 것도 알고 있을 거고요.”

노스님이 다른 의견을 냈다.

"자청단은 그럴 수 있어요. 저희 마을 산도 자청단이 다 태워 버렸어요. 엄마 아빠까지도요……."

민주가 말했다. 승하가 떨고 있는 민주를 감싸 안았다. 불이 붙은 나무들은 잠시 꺼지는 듯하더니 다시 불타올랐다.

"자청단은 우리를 잡기 위해서는 무엇이든 할 놈들입니다. 저희 단원 셋이 어떻게 잡혀갔는지 아시잖습니까. 팔 한쪽과 발 한쪽씩만 남겨 두고 간 지독한 일을 잊으셨습니까?"

승하가 치를 떨며 말하자 노스님이 가만히 고개를 끄덕였다.

"산불이 지금보다 더 커질 위험은 없을 것 같습니다. 불이 붙는 데에도 한계가 있을 테니까요. 서대문 습격은 잠시 뒤로 미루고 우선은 피신해서 때를 다시 보는 게 어떻겠습니까? 얼굴에 낙인이 있는 대원분들이라도 북서쪽에 있는 부대에 숨는 것도 방법이고요."

정진이 대원들의 동요를 잠재우며 말했다. 다들 무언가 말하고 싶어 했으나 아무도 선뜻 말을 꺼내지 못했다. 나무 타는 냄새가 진관사까지 퍼져 내려왔다.

"오히려…… 지금이야말로 기회가 아닐까요. 저희

를 잡으려고 상당수의 단원들이 북한산으로 출동했을 거예요. 무임을 잡는 건 서대문 수용소에서 담당하니 서대문 경계는 허술해져 있을 거고요."

정적을 깬 건 사라였다. 엔리도 대나무 숲에 모아 놓은 무기들을 떠올리며 동의했다.

"맞아요. 자청단은 생각지도 못할 길로 내려가면 더 쉬울 거예요. 예를 들면 사대문 안을 통해서요."

엔리가 조심스러운 목소리로 말했다.

"정진, 정말 그럴지도 몰라요. 자청단이 불을 낸 게 사실이라면 우리가 도망칠 만한 길목에 덫을 쳤을 겁니다. 더 깊은 산속이나 아니면 홍제강으로 이어지는 북한산 자락에 진을 치고 있을 겁니다. 엔리 말대로 사대문으로 들어가는 게 어떨까요. 청와대를 지나면 적의 뒤통수를 제대로 치는 거 아니겠습니까. 청와대 바로 아래에 자청단 본부인 경복궁이 있으니 저희가 그쪽으로 내려올 거라곤 예상하지 못할 거고요."

승하의 제안에 정진은 잠시 생각에 잠겼다. 엔리는 손목에 묶어 놓은 빨간 천처럼 타오르는 산을 올려다보며, 골똘히 생각에 잠긴 정진의 대답을 기다렸다.

"그럽시다. 경복궁 방향으로 내려가서 사대문 안

을 가로지릅시다. 드디어 사람들을 해방시킬 때입니다. 처형식이 일어나기 전에 더 많은 사람들을 살립시다!"

정진이 결연한 목소리로 말했다. 몇몇 대원들은 자청단의 본진을 지나가는 위험한 계획에 우려를 표하기도 했지만 이내 모두 정진의 결정을 환영하며 뜨겁게 결의를 모았다. 물론 엔리도 그중 한 명이었다.

서대문 수용소 부소장 기혁이 불을 붙인 화살을 당겼다. 불이 옮겨붙은 나무들이 타오르기 시작하자 기혁은 눈이 쓰라린지 안대에 손을 올렸다. 축축한 안대를 살피던 기혁은 아침에 본 이수의 광기 어린 얼굴이 생각나 고개를 세차게 저었다. 아주아와 같이 도망쳤던 두 명을 발견한 것 같다고 보고하자마자, 이수는 난데없이 기혁의 멱살을 잡았다. 그리고 목검으로 기혁의 한쪽 안구를 강타하기 시작했다. 피를 흘리는 기혁의 눈을 보던 이수가 한 말은 단 한마디였다. "잡아와." 기혁은 그 자리에서 눈알을 뽑히지 않았음을 천만다행으로 여기며 눈을 대강 치료하고는 곧바로 북한산으로 향했다. 서대문 수용소에는 최소한의 단원만 남긴 채 대부분의 단원들을 북한산 정상과 산 입구에 배

치시켰고, 나머지 단원들은 자신과 함께 북한산 중턱 곳곳에서 산불을 내기 시작했다. 기혁은 오늘 안으로 그 두 명을 잡지 못한다면 내일부터는 두 눈으로 앞을 볼 수 없으리라는 것을 잘 알았다.

사라는 기필코 습격에 합류하겠다며 해방전선 대원들을 따라나섰다. 정진과 승하는 처음에는 사라를 말렸지만 사라의 고집이 워낙 세기도 했고 옆에 있던 엔리가 자신이 사라를 잘 챙기겠다고 하자 어쩔 수 없이 동행을 허락했다.

왼팔에 의수를 찬 민주도 전투 준비를 마치고 승하 옆에 서 있었다. 대원들은 민주에게 무임인 아이들을 데리고 해방전선의 다른 거점으로 피신해 있으라고 했지만, 민주는 자기가 한 팔이 없다고 차별하는 거냐며 악다구니를 썼다. 승하는 민주에게 데리고 가긴 하겠지만 대신 자기가 시키는 대로 해야 한다는 조건을 붙였다.

엔리는 진짜 진관사 스님들과 보살들, 습격에 참여하지 않을 어린아이들과 인사를 나누는 중이었다. 아주아 또래의 아이들이 엔리에게 꼭 복수에 성공하고 돌아오라고 말하자 엔리는 나중에 아주아가 이 아이들과 얼마나 즐겁게 놀지 생각하며 고개를 끄덕였다.

해방전선은 모두 세찬 파도가 그려진 복면을 쓴 채 진관사 동남쪽에 있는 청와대를 향해 내달렸다. 엔리는 서대문 수용소에 가까워져 온다고 생각하니 흥분되기도 했지만 동시에 긴장감에 손이 떨렸다. 두려움을 느끼는 것은 엔리 혼자가 아니었다. 경계가 허술할 지금이 서대문 수용소를 치는 좋은 기회인 것은 사실이었으나 사대문 안으로 이동하는 것은 위험이 큰 도박이었다. 산에서 자청단과 마주치는 것을 피할 수는 있겠지만 자칫 잘못하여 사대문 내에서 발각된다면 스물다섯 명이 한꺼번에 몰살을 당할 수도 있었다.

엔리는 절뚝거리며 걷는 사라를 부축했다. 사라가 괜찮다고 했지만 엔리는 팔짱을 풀지 않고 다른 대원들을 뒤따라 산 아래를 향해 달렸다. 우기가 아닌데도 요 며칠 느닷없이 쏟아진 비 때문에 계곡물이 사납게 흐르고 있었다. 산 곳곳에는 흙이 무너져 있어 대원들은 흙더미를 조심스레 뛰어넘어야만 했다. 땅이 젖어 미끄러운 탓에 넘어지기 일쑤라 속도를 내기도 어려웠다. 산 위쪽에서는 나무들이 습기와는 상관없이 타올라 투투둑, 하고 부러지는 소리를 냈다.

정진은 앞장서서 산을 내려가고 있었다. 과거에 대통령 경호실에서 근무했던 정진은 자청단이 정부와 군부를 장악하던 때에도 결사적으로 대통령을 지켰다. 자청단이 대통령의 거처를 세종특별시에서 다 낡아빠진 청와대로 다시 옮겨 버리고 대통령마저 천명의 꼭두각시가 되기를 자처하자, 정진은 비통한 심정으로 경호실을 나왔다. 이 나라를, 국민을 위하는 지도층은 다들 어디로 갔는지 찾을 수 없었다.

청와대에는 경비가 거의 없었다. 자청단은 사대문 북쪽 경계인 청와대 방면으로 침입자가 올 거라 생각하지는 못했던 듯, 경계가 허술했다. 청와대를 지키는 자청단 단원들을 순식간에 제압한 해방전선은 손쉽게 청와대 정문을 지나 곧장 경복궁이 보이는 언덕에 도착했다.

엔리는 땅에 최대한 몸을 숙인 채로 자청단 본부인 경복궁을 살폈다. 천명이 있는 경복궁은 대통령이 있는 청와대와 달리 단원들이 곳곳에서 경계를 서고 있었다. 단원들은 다른 일반 단원들과 다르게 어깨에 소총을 하나씩 차고 있었다. 눈앞에 보이는 저 궁 안에 자청단의 원흉인 천명이 있을 거라 생각하니 엔리는 속이 울렁거렸다.

경복궁을 바로 앞에 두고 해방전선은 서쪽으로 방향을 틀어 서대문을 향해 달렸다. 엔리는 지금 자기가 보고 있는 것이 현실인지 믿을 수 없어 눈이 휘둥그레졌다. 거리에는 쓰레기가 하나도 없었고, 건물들은 기울어지지도 금이 가지도 않았고, 놀랍게도 드문드문 가로등이 켜져 있었다. 엔리는 원전 사고 후 몇 년 동안 전기가 들어와 있는 가로등을 단 한 번도 본 적이 없었다.

이곳 사대문 안은 엔리가 영광에서 서울까지 올라오면서 본 폐허가 된 곳들, 방사능에 오염되어 유령 마을이 된 마을들과 물이 차올라 수몰된 동네들, 온갖 범죄로 삶이 파괴된 도시들과는 완전히 다른 세상이었다.

엔리는 사대문 밖에 사는 순혈들은 사대문 안의 순혈들이 얼마나 풍족하게 살고 있는지 알까 싶었다. 사대문 안에 사는 순혈들은 무임으로 불리는 우리들이 언제든 무너질 수 있는 침수 아파트에 숨어서 얼마나 처절하게 살아가고 있는지 알까 싶었다. 지난 며칠

간의 비에도 끄떡없이 단단한 길을 달리던 엔리는 타
오르는 분노를 참을 수 없었다.

9 미끼

인왕산 아래에 선 엔리는 바로 건너편에 있는 서대문 수용소를 보며 아주아와 이수가 있을 곳이 어디인지 가늠해 보고 있었다. 서대문 수용소의 정문이 있는 동쪽 방면과 인왕산 사이를 지나던 옛 통일로는 오래전에 침수되었고, 이제 그 자리에는 서대문천이 흐르고 있었다. 엔리는 당장이라도 수용소로 쳐들어가고 싶었지만 정진과 승하를 포함한 해방전선 대원들의 분위기가 좋지 않았다.

"말씀하신 대로 산사태 위험이 있는 것 같습니다. 수용소 북쪽 담장을 넘는 건 어렵겠네요."

망원경으로 서대문 수용소 북쪽의 안산을 살펴보

던 승하가 말했다. 엔리도 승하에게 망원경을 받아 북쪽 담장과 안산을 살펴봤다. 산사태가 난 언덕 위에서는 계속해서 토사가 흘러내려 오고 있었고 무너져 내린 흙은 북쪽 담장 바로 앞까지 쌓여 있었다. 쌓인 흙더미 덕분에 편하게 담장을 넘을 수도 있겠지만, 혹시라도 담을 넘는 도중에 또 산사태가 난다면 큰일이었다.

"서대문천을 지나야 하는 동쪽 담장도 위험합니다. 불어난 물 때문에 유속이 너무 빨라서 직접 헤엄쳐서 천을 건널 수도 없고, 다리 위로 천을 건너다 들키면 바로 공격당할 겁니다."

다른 대원이 다리를 눈여겨보며 말했다. 수용소의 서북쪽 홍제강 방향에 설치된 보는 어제까지 줄기차게 내린 비 때문에 제 기능을 하지 못하고 있었다.

"저기 남쪽으로 들어가는 건 어떨까요?"

엔리가 망원경으로 남쪽을 보며 물었다.

"남쪽은 순혈들이 많이 거주하고 있어서 금방 발각될 겁니다. 서쪽으로 돌아가는 건 너무 멀고…… 다른 좋은 작전 떠오르는 사람 없습니까?"

정진이 어수선한 대원들에게 물었다.

"예비로 세워 뒀던 작전을 사용하는 게 어떨까요?

미끼를 사용해서 동쪽 정문으로 침투하는 작전 말입니다. 미끼가 자청단의 시선을 끄는 사이에 저희는 병력 손실 없이 수용소 안으로 침투할 수 있을 겁니다."

승하가 제안했다.

"지금으로서는 그 방법이 병력 손실을 막는 최선의 방법 같습니다. 혹시 미끼를 자원하실 분 계십니까? 나머지 대원들이 침투할 수 있도록 시간을 끌어야 하는 임무입니다. 목숨을 잃을 수도 있는 위험한 임무이니 잘 생각하고 말씀해 주십시오."

정진이 엄숙한 목소리로 말했다. 목숨을 잃을 수도 있다는 말에 선뜻 손을 드는 대원이 없었다.

"제가 미끼가 될게요."

엔리가 손을 번쩍 들었다.

"제가 정문에서 소란을 피울게요. 경계를 서고 있는 자청단의 관심을 끌다 붙잡힐 테니 그사이에 대원분들이 정문으로 들어오세요."

놀란 대원들이 아무 말도 없자 엔리가 늠름하게 덧붙였다. 대원들은 그럴 수 없다고 손사래 쳤지만 엔리는 이렇게 하면 이수를 마주칠 확률이 더 높아질 테고 제 손으로 이수를 처리할 수 있을 것이라고 생각했다.

"저도 엔리랑 같이 미끼 역할을 하고 싶어요."

사라였다. 사라는 다친 발로 서대문까지 오느라 식은땀을 삘삘 흘리고 있었다.

"지금 제 발 상태로는 전투를 하는 것도 힘드니 자청단에 잡혀 들어갈게요."

사라가 망설이는 대원들을 향해 단호하게 말했다. 사라는 어떻게든 빨리 담이를 구출해 내고 싶은 생각뿐이었다.

"어린 너희가 그런 위험을 감수하는 건 안 돼. 저희 다른 방법을 찾아봐요."

승하가 걱정스러운 표정으로 둘을 말렸다.

"저는 그간 많이 훈련하긴 했지만 다른 대원들에 비해서는 부족하고 사라는 발이 아파서 전투를 직접 하는 건 어려울 것 같아요. 그러니까 저희가 미끼가 돼서 어떻게든 돕고 싶어요."

엔리가 말했다.

정진과 승하를 포함한 해방전선 대원들이 의견을 나누는 동안, 엔리는 등에 멘 나무통 안의 화살들을 재정비했다. 기름칠이 잘 먹은 화살대에는 빳빳한 깃털이 날카롭게 솟아 있었다. 곧 엄마의 유품인 이 석궁으로 역겨운 괴물을 찢어발길 수 있을 터였다.

"작전은 이렇게 정리됐어요. 엔리와 사라는 미끼조, 나머지 대원들은 세 조로 나눕니다. 미끼조는 정문에서 경계 병력에게 잡혀서 정문을 통해 수용소로 들어갑니다. 열일곱 명의 1조는 그런 미끼조를 뒤따라가며 경계 병력을 처리하고, 그사이 미끼조는 감옥으로 들어가 사람들을 풀어 줍니다. 1조는 감옥에 자청단이 들어가지 못하도록 감옥 밖에서 싸웁니다. 세 명의 2조는 수용소 북쪽 산사태가 난 안산 아래에 있으면서 감옥에서 풀려난 사람들이 홍제강으로든 안산을 돌아서든 도망갈 수 있게 도와주세요. 검은색 제복을 입은 자청단이 뒤쫓아오면 그들을 처리하시고요. 마지막으로 민주를 포함한 나머지 세 명은 3조입니다. 3조는 감옥에서 빠져나온 사람들이 수용소 북쪽으로 갈 수 있게 안내하세요."

승하가 해방전선 대원들을 보며 차분하게 말했다.

"우리가 후퇴할 때는 경희궁이나 덕수궁에서 자청단 단원들이 올지도 모르니 최대한 빨리 북쪽 담을 넘어서 사대문을 빠져나가야 합니다. 2조는 대기하는 동안 북쪽 담장에 폭탄을 설치해 주십시오. 후퇴 신호인 호루라기 소리를 들으면, 모두 다 수용소 북쪽 담으로 가서 이미 세워 놓은 작전 그대로 안산을 넘어 홍제강으로 갑니다. 홍제강에는 카밀라 선생이 뗏목을 지키며 기다리고 있을 겁니다."

정진이 단원들과 눈을 하나하나 맞추며 말했다.

"안산은 산사태 위험이 있지 않습니까?"

집중해서 듣던 대원 하나가 초조한 표정으로 물었다.

"맞습니다. 그러나 우리가 빠르게 홍제강으로 갈 수 있는 길은 안산을 넘는 것입니다. 수용소 안으로 들어갈 때는 산을 타지 않으니 후퇴할 때 한 번은 산이 버텨 줄 겁니다."

정진의 목소리에 힘이 실려 있었다.

"엔리와 사라는 사람들을 어느 정도 구출해 내면 전투에 참여하지 말고 바로 안산을 넘어서 홍제강으로 가. 거기서 대원들과 도망쳐 올 사람들을 기다리고 있어."

승하가 둘에게 신신당부했다.

"전 수용소 소장 이수를 죽여야 하는데요. 아주아도 무조건 구해야 하고요!"

엔리가 승하에게 양보할 수 없다는 듯 눈을 부릅떴다.

"너희도 살아야 하니까 어쩔 수 없어. 나머진 우리에게 맡기고 너흰 바로 도망쳐. 사라도 지금 발이 아프잖아. 사라 상태로는 지금 당장 홍제강으로 가라고 하고 싶지만 하도 고집 피우니까."

승하가 한숨을 내쉬었다. 엔리는 사라에 대한 승하의 말은 맞지만 이수나 아주아에 대한 건 틀렸다고 생각했다. 엔리는 손목의 빨간 천을 움켜쥐며 어떻게든 자신이 이수를 죽이고 아주아를 구출해 내고야 말리라 맹세했다.

아주아는 입을 뻐끔거리며 숨을 들이마셨다. 썩은 물로 가득 찬 연못에는 수면과 수면 위에 설치된 대나무 창살 사이로 단 한 뼘의 공간이 있었다. 창살을 양손으로 잡은 아주아는 고개를 뒤로 푹, 젖혀서 숨을 쉬었다. 그믐달이라 어두운 밤하늘에 별들이 희미하게 빛나고 있었다.

아주아는 뗏목에 보물들을 가득 싣고 서대문 수용소로 오는 길에 탈출을 시도했었다. 지난번 탈옥처럼 물속에 들어가서 땅바닥까지 내려갈 생각이었지만, 특별 감시 대상인 아주아는 물속에 들어가자마자 자청단 단원에게 목덜미를 잡혀 끌어올려지고야 말았다.

이수는 두 번째 탈출을 시도한 아주아를 죽이지 않았다. 대신 아주아의 얼굴을 흥미롭게 분석하더니 더 독해지면 훨씬 훌륭한 얼굴이 될 것 같다며 아주아를 살아서 나온 사람이 없다는 연못 감옥 안에 가두었다.

먹구름이 빠르게 움직였다. 아주아는 먹구름이 별들을 가리기 전에 별을 좀 더 보고 싶어서 연못 끝쪽으로 헤엄쳤다. 급하게 움직인 바람에 연못의 썩은 물이 튀어 아주아의 입에 들어왔다. 아주아가 물을 토해 내며 다시 고개를 뒤로 젖히고 별을 찾고 있는데 창살 위로 뭔가가 기어 왔다.

쥐였다. 물에 젖은 새카만 쥐가 털을 잔뜩 세우고 아주아의 얼굴을 향해 기어 오고 있었다. 아주아가 쥐를 피해 재빠르게 연못 안으로 들어갔다. 쥐는 창살 위에 앉아 어디선가 가져온 부스러기를 차분히 갉아 먹었다. 아주아는 꼬르륵거리는 배를 한껏 구부리며 썩은 물이 몸에 들어오는 걸 막기 위해 양손으로 코와 귀를 막았다.

서대문천 다리를 건너는 엔리는 자신이 정말 이수를 죽일 수 있을지, 아니, 지금까지 그렇게 죽이고 싶었던 이수를 대면했을 때 제대로 싸울 수는 있을지 불안해졌다. 혹시라도 이 습격이 실패로 돌아가 잡혀 가거나, 이수에게 엄마 아빠처럼 죽임을 당하는 것은 아닐지, 아주아가 벌써 죽은 건 아닌지 하는 공포가 엔리를 휩쌌다.

"저 안에 사랑하는 사람이 있어. 그리고…… 여자야."

아무 말 없이 걷던 사라가 나지막하게 말했다.

"뭐? 서대문 수용소 안에 애인이 있다고? 지금까지 그런 말은 없었잖아."

갑작스러운 사라의 고백에 놀란 엔리가 물었다.

"숨길 수밖에 없었어. 우리 안에도 첩자가 있을지 모르는데 괜히 얘길 꺼냈다간 의족을 차야 한다는 이유로 잡혀간 그 사람도, 나도 위험해질 수 있으니까."

사라가 씁쓸하게 웃었다.

"그 사람에 대해서 정진 스님이나 승하 언니한테

도 말했어? 발견하면 꼭 구해 달라고 말했어?"

엔리가 아직 인왕산에 있을 해방전선 쪽을 돌아보며 물었다.

"나한테 특별히 구하고 싶은 사람이 있다는 건 눈치채신 것 같지만 그게 정확히 담이라는 건 모르셔. 담이를 구해 내는 건 걱정 마. 내 목숨을 걸어서라도 구해 낼 거니까. 너도 어떻게든 그 이수라는 놈을 죽이고 아주아를 구해 낼 거지? 승하 언니가 우리 먼저 도망가라고 했던 말을 들을 생각은 애초부터 없었잖아."

사라가 엔리의 어깨에 손을 짐짓 호기롭게 올리며 말했다.

"드디어 사라 너랑 나랑 통하는 게 있네. 당연히 듣자마자 한 귀로 흘려보냈지. 어떻게 우리보고 도망치라고 하냐? 난 이수가 나타나면 무조건 죽일 거야. 이수를 죽이고 아주아를 데리고 도망쳐 나올 거야. 네가 어떻게든 담이라는 사람을 구해 낼 것처럼."

엔리가 전장의 무사처럼 말하자 사라가 피식, 하고 웃었다.

"미안. 지난번에 베트남이랑 베트남인에 대해서 함부로 말했던 거."

웃음을 거둔 사라의 목소리가 진지했다.

"나도 미안. 널 자청단의 끄나풀로 의심했던 거. 무임도 아니면서 아는 척한다고 뭐라고 한 것도……. 무임이든 아니든 네가 우릴 구해 주고 날 훈련시켜 준 건 사실인데. 고마워."

엔리가 쑥스러운 듯 머리를 긁적이며 말했다.

둘 사이에 결연한 침묵이 흘렀다. 곧, 둘은 서대문 수용소 정문 앞에 도착했다. 정문을 지키고 있던 자청단 단원들이 둘을 향해 걸어오자 엔리 어깨에 손을 올린 사라의 손가락에 힘이 들어갔다. 엔리 또한 긴장한 바람에 턱을 꽉 물어서 이가 아플 정도였다.

"신분증 좀 봅시다."

한 단원이 엔리와 사라에게 말했다. 엔리와 사라가 고개를 젓자 단원이 성큼 가까이 다가왔다.

"뭐야. 어려 보이는데? 사대문 안에 거주한다고 해도 밤에 돌아다니려면 허가증이 필요한 거 알지? 사는 곳 주소 불러 봐."

단원이 엔리와 사라의 얼굴을 보고서는 반말로 말했다.

"영광 원자력발전소 12길, 4번."

엔리가 대답했다.

"장난하지 말고."

단원이 얼굴을 찌푸렸다.

"서울 강남구 안전한길 18길, 18번."

사라가 18을 강조했다.

"너희 뭐야?"

뒷짐 지고 지켜보고 있던 다른 단원이 목소리를 높였다.

"너희가 무임이라고 부르는 사람들."

엔리가 나지막이 읊조렸다.

단원 둘이 엔리와 사라의 볼을 살폈다. 단원들은 '무' 낙인은 없지만 수상하니 조사를 해 봐야겠다며 둘을 붙잡았다. 엔리와 사라는 왜 이러냐며 반항하는 연기를 하면서 수용소 안으로 끌려 들어갔다. 정문이 열리고 수용소로 들어가기 직전, 엔리가 슬쩍 뒤를 돌아봤다. 그러고는 언제 다리를 건너야 할지 상황을 살피고 있을 해방전선 대원들에게 고갯짓했다.

'지금이에요. 빨리 쳐들어오세요.'

10 전투

서대문 수용소 정문을 지난 엔리가 갑자기 복통을 호소하며 쓰러졌다. 사라는 끙끙거리며 땅을 구르는 엔리에게 빨리 일어나라고 악을 질렀다. 예상치 못한 소란에 자청단 단원들이 어리바리하며 상황을 파악하는 그때, 해방전선 1조 대원 열일곱 명과 3조 대원 세 명이 서대문 수용소 정문을 소리 없이 통과했다.

"비상……."

경보를 외치려던 자청단 단원이 정진의 칼을 맞고 맥없이 쓰러졌다. 엔리와 사라를 데리고 서대문 수용소로 들어왔던 단원 둘은 승하의 독침에 정신을 잃었다. 해방전선은 그 기세를 몰아 수용소 곳곳에 있는 자청단을 쓰러뜨리며 수용소 깊은 곳으로 전진했다.

빨간 벽돌 앞에 선 해방전선 대원들은 경계를 서고 있는 자청단을 처리하며 엔리와 사라에게 감옥으로 침입하라고 신호를 줬다. 이수의 형체를 좇던 엔리는 갑옷을 입었을 이수가 어디에도 보이지 않자 우선 아주아를 찾기 위해 사라와 감옥 건물 안으로 숨어들어 갔다.

엔리와 사라가 감옥 안으로 들어가자마자 사이렌이 울리기 시작했다. 서대문 수용소 정중앙에 있던 감시탑의 탐조등이 깜깜한 밤하늘을 밝히며 해방전선 대원들을 비췄다. 감옥 안에서 무임들을 감시하던 자청단 단원들과 관사에서 잠들어 있던 단원들이 일제히 밖으로 나왔다. 다행히 해방전선의 예상대로 수용소를 지키는 자청단의 수는 알려져 있던 100여 명보다는 훨씬 적었다.

어두침침한 감옥 지하는 건물들이 다 이어져 있는지 끝이 보이지 않을 정도로 길게 뻗어 있었고 복도 양옆에는 쇠창살로 막힌 감방들이 줄지어 있었다. 감방 안에 갇혀 있는 사람들은 사이렌을 듣고서 꺼내 달라며 쇠창살을 흔들었고 자청단 단원들은 곤봉으로 쇠창살에 매달린 사람들을 내리쳤다. 다양한 연령대와 다양한 인종의 사람들이 입은 회색 죄수복에는 짙은 핏자국이 덕지덕지 붙어 있었다.

"누구야!"

엔리와 사라를 발견한 자청단 여성 단원 하나가 외쳤다. 사라가 허리춤에 차고 있던 칼을 단원에게 휘두르자 단원은 재빠르게 피하며 "무임 발견!"이라고 소리쳤다. 그 소리를 들은 다른 단원들이 복도 반대편 끝에서 엔리와 사라를 향해 달려오기 시작했다. 여성 단원은 장검을 휘두르며 사라의 오른발을 집중적으로 공격했다. 다친 발을 맞은 사라가 고통스러워할 때 엔리가 단원의 얼굴에 주먹을 날렸다. 단원이 비틀거리자 사람들이 더 크게 살려 달라, 꺼내 달라 소리쳤다. 장검을 놓친 단원은 엔리의 머리카락을 잡아끌며 엔리의 얼굴을 주먹으로 치기 시작했다. 엔리 뺨의 실핏줄이 터지기 직전, 사라가 단원의 등을 단도로 푹 찔렀다. 등을 깊게 찔린 단원이 외마디 신음을 내뱉으며 엔리 위로 풀썩 쓰러졌다. 엔리는 곧장 피투성이가 된 단원의 제복을 뒤졌다. 수십 개의 열쇠가 묶여 있는 열쇠 꾸러미가 엔리 손에 들어왔다.

그사이 반대편에서 달려온 단원 넷이 사라 앞에 섰다. 사라는 왼손에는 여성 단원이 놓친 장검을, 오른손에는 단도를 들고 단원 네 명을 막아섰다.

"빨리 문 열어. 여기는 내가 어떻게 해서든 막아 볼 테니까."

사라가 엔리에게 다급하게 말했다.

엔리는 손을 덜덜 떨며 열쇠 꾸러미의 열쇠를 하나씩 맞춰 갔다. 사라가 단원 하나의 목을 칼로 찌르자 단원 목에서 피가 뿜어져 나왔다. 다른 단원이 사라에게 달려들며 휘두르는 칼이 사라의 허벅지를 찔러오던 순간,

철컹.

감방에 갇혀 있던 사람들이 우르르 쏟아져 나왔다. 적어도 스무 명은 되어 보이는 사람들 중 절반은 즉각 계단 위로 도망쳤지만 절반은 사라를 공격하던 단원들을 덮쳤다. 사람들은 비쩍 마른 팔과 다리로 자신들이 지금까지 자청단에게 당해 온 폭력과 고통을 철저히 되갚아 주려는 듯했다. 사람들이 주먹을 휘두르고 발로 짓밟자 괴로워하는 단원들의 비명 소리가

지하 전체에 퍼졌다.

아직 잠겨 있는 감방에서는 사람들이 쇠창살을 부수려고 창살에 몸을 던지며 살려 달라고 아우성쳤다. 엔리가 열쇠 꾸러미를 들고 닫힌 감방의 자물쇠들을 열어 나가자 쇠창살 사이로 나온 손들이 엔리를 절실하게 붙잡았다. 엔리는 불로 지져지거나 칼로 잘린 상처들이 무성한 손들을 보며 빠르게 열쇠를 끼워 나갔다.

사라는 목을 찔리고 죽은 단원의 몸을 수색해 다른 열쇠 꾸러미를 찾았다. 열쇠 꾸러미를 들고 감옥 반대쪽을 향해 내달리는 사라 뒤로 사람들이 우르르 따라 달렸다. 자청단 단원들은 곤죽이 된 채 바닥에 늘어져 있었다.

밖의 소란과 달리 이수가 있는 소장실은 평화로웠다. 자신이 그리고 있던 그림과 유리병들 안에 들어 있는 눈과 귀, 입이 얼마나 닮았는지 비교하던 이수는 꽤 비슷하게 그렸다고 생각했는지 스스로 흐뭇해했다. 여기저기서 비명 소리가 끊이지 않았지만 이수는 다시 펜을 들고 눈동자를 그려 나갔다.

퉁.

창문에 무언가 부딪는 소리가 났다. 그 소리에 이수가 긋던 선 하나가 어긋나고 말았다. 죽어 가는 누군가의 얼굴이 그려진 하얀 도화지 위를 검은색 사선이 가로질렀다. 눈에서 귀까지 그어진 선을 한참 노려보던 이수는 라이터로 종이를 태워 버렸다. 그러고 나서는 자리에서 일어나 검 두 자루를 보호대들 사이에 찼다.

철갑을 입은 듯 온몸을 보호대로 싼 이수는 소장실 밖으로 나가기 전, 언제나처럼 문 위에 걸린 글귀를 보며 맹세했다.

"모든 것은 천명으로."

밖은 아수라장이었다. 1조에 포함된 열일곱 명의 해방전선 대원은 감옥 건물을 에워싸며 감옥으로 들어가려는 자청단을 처리하고 있었다. 자청단 병력이 평소의 3분의 1 수준인 마흔 명 내외인 점과 더불어 해방전선이 북한산에서 매일 흘렸던 땀이 빛을 발한 덕이었다. 정진은 10분도 안 되는 시간 동안 벌써 일곱 명을 처리했고 승하는 다섯 명에게 독침을 명중시켰다. 민주는 한 손으로 장검을 화려하게 휘두르며 감옥 건물에서 도망쳐 나오는 사람들을 북쪽 담장으로 안내했다. 자청단 단원들은 도망치는 사람들을 뒤쫓으려 했지만 해방전선 대원들이 자청단 뒤통수에 활을 쏘며 발을 잡아 세워 움직일 수 없었다.

엔리와 사라는 사람들이 다 빠져나간 텅 빈 감방들을 살피고 있었다. 남성들이 갇혀 있었던 감방, 여성들이 갇혀 있었던 감방, 장애인만 갇혀 있었던 감방, 성소수자만 갇혀 있었던 감방, 천명에 반기를 든 지식인들이 갇혀 있었던 감방 등등 열 곳이 넘는 감방에 들어가 샅샅이 뒤졌지만 아주아나 담이의 흔적은 어디에도 보이지 않았다.

"혹시 담이라고, 오른쪽 다리에 의족을 찬 스무 살 여자애 아세요?"

사라가 계단을 오르기 위해 애쓰고 있는 아저씨에게 물었다. 누렇게 마른 대나무와 다름없어 보이는 아저씨는 얼핏 보기엔 남자 같았지만 어쩐지 여자 같기도 했다.

"스무 살 여자애가 이 수용소에 있다고? 난 아무것도 몰라……."

아저씨는 말과 다르게 고개를 끄덕거리며 싱글벙글 웃었다. 사라는 아저씨가 온전한 정신이 아닌 것 같아 묻기를 포기하고 계단을 오르는 아저씨의 팔을 부축했다. 엔리도 아저씨와 팔짱을 끼고 같이 발을 옮기려는데, 계단 위에서 누군가가 내려오는 소리가 들렸다. 엔리와 사라, 아저씨가 숨을 멈추고 기척에 귀를 기울였다. 내려오던 누군가도 아래에 사람들이 있다는 걸 눈치챘는지 발걸음을 신중히 옮겼다. 엔리와 사라는 여차하면 공격할 생각으로 칼을 단단히 고쳐 잡았다. 한 계단 바로 위에서 누군가가 멈추자마자, 엔리가 그의 목에 칼을 겨눴다.

"하, 항, 항복할게요."

엔리가 봤던 얼굴, 해솔이었다. 해솔도 천천히 고개를 들어 자신에게 칼을 겨누고 있는 이의 얼굴을 확인했다.

"그때 뗏목 집에서 본 사람 맞지? 아주아가 따라간 사람."

해솔이 마른침을 삼키며 입을 열었다.

"너 아주아가 어디 있는지 알아?"

엔리가 해솔을 다그치며 물었다. 해솔이 고개를

끄덕이자 엔리는 칼을 그의 목에 더욱 가까이 가져다 대며 당장 위치를 말하라고 소리쳤다. 그러나 해솔은 입을 꾹 다물었고, 이에 사라가 해솔의 복부를 주먹으로 가격했다. 해솔이 아파하며 몸을 비틀자 옆에 있던 아저씨가 고소하다는 표정으로 낄낄댔다.

"조건이 있어."

해솔이 엔리를 올려다보며 말했다.

"날 데리고 가 줘. 너희가 도망갈 때 함께."

해솔이 엔리와 사라를 번갈아 보며 제안하자 엔리는 황당해서 헛웃음이 났다. 아주아에 대한 것만 아니었다면 당장 해솔을 때려 기절시켜 버리고 싶었다.

"지금 우리가 장난하러 온 줄 알아? 죽고 싶구나, 너."

엔리가 해솔의 목에 칼을 더 가까이 올리며 협박했다.

"잠깐. 자청단에서 도망치고 싶은 거야?"

사라가 그런 엔리를 말리며 묻자 해솔이 세차게 고개를 끄덕였다. 엔리는 뒤돌자마자 약속을 여기고 무임 발견을 외쳤던 이 자식을 믿을 수 없었지만 우선은 아주아에 대한 정보를 아는 게 더 중요하다고 생각했다.

"알았어. 함께 데려가줄 테니까 아주아가 있는 곳을 말해."

엔리가 해솔에게 겨누던 칼을 내리며 말했다.

"아주아는 어제부터 연못 감옥에 갇혀 있어. 오늘 오후까지는 움직이는 걸 봤는데 사실 지금은 어떻게 됐을지 몰라……. 연못 감옥에 들어가면 이틀을 버티기 힘들거든. 연못 감옥은 정중앙 감시탑 바로 옆에……."

"정중앙 감시탑 바로 옆. 알았어. 이수는? 그 새끼는 어디 있어?"

엔리가 해솔의 말을 끊고 거칠게 물었다.

"소장님은 수용소 가장 안쪽 건물에……."

"사라야, 먼저 갈게. 안산 아래에서 다시 만나자."

엔리가 해솔의 말이 채 끝나기도 전에 계단 위로 뛰어 올라갔다.

"나도 담이 구해서 갈게. 살아서 보자."

사라가 달려 올라가는 엔리의 등 뒤에 답했다. 해솔도 엔리의 뒤를 쫓아 계단을 올라가려 했지만 사라가 해솔을 잡아당겼다.

"어딜 도망가려고. 너 혹시 담이라고 알아? 여자야. 스무 살. 오른쪽 다리에 의족을 차고 있는데."

사라가 간절한 눈빛으로 해솔에게 물었다. 해솔은 그런 여자는 몰라도 어린 여자들을 본 적은 있었다. 그들을 본 곳이 어디인지 곧 생각해 냈지만 사라에게 사실을 말하려니 차마 입이 떨어지지 않았다.

"자청단은 여자애를 가만 안 둬……. 난 어떻게든 살아야 했어. 어쩔 수 없었어……."

계단을 오르던 아저씨가 머리카락을 쥐어뜯으며 주절거렸다.

"그…… 비슷한 여자를 본 적이 있긴 해요. 근데 그 사람이 담이라는 사람인지는 모르겠어요. 오른쪽 다리에 연결된 의족도 없었고요. 어쨌든 어린 여자들이 있는 곳은 알아요."

망설이던 해솔이 소곤거렸다.

해방전선이 갑자기 밀리기 시작했다. 어디선가 나타난 이수가 해방전선 대원들을 하나씩 베고 있었기 때문이다. 정진이 살기를 뿜으며 칼을 휘두르는 이수를 막아섰다. 이수는 소란이 귀찮기만 한 듯 무심한 표정으로 정진의 검을 마주했다. 정진이 내려친 검은 정확히 이수의 팔에 맞았지만 두꺼운 보호대는 뚫지 못했다. 그러자 이수가 장검으로 순식간에 정진의 머리를 찔렀다. 정진은 이수의 검을 가까스로 피하는 동시에 이수의 복부를 향해 장검을 힘껏 내질렀다.

장검이 이수의 옆구리를 파고들었다. 이수는 인상을 찌푸리며 옆구리에서 새어 나오는 피를 손으로 닦더니 정진을 걷어찼다. 정진이 주춤하는 사이 이수가 장검으로 정진의 어깨를 찌르자, 정진이 땅으로 철퍼덕 넘어졌다.

"같은 민족끼리 이러면 되나. 순혈은 천명 님과 함께여야 행복하고 안전한 거야, 지식인 양반. 정신 차려. 칼 좀 휘두른다고 설치고 다니지 말고."

이수가 칼에 묻은 피를 정진의 전투복에 닦으며 말했다.

"정신 차리게. 인간은 민족, 종족 할 것 없이 함께 살아야 하는 걸세. 당신은 평생 노인이 안 되고 장애가 안 생긴다는 보장 있나? 그때가 되면 당신도 무임이 되어 이 수용소에서 갇혀도 좋은가? 당신 손에 죽어 간 수많은 사람의 원혼이 두렵지도 않은가?"

정진이 이수를 똑바로 바라보며 말을 이어 나갔다.

"하하하. 천명 님 보살핌을 받는 존재라면 하늘과 바다의 노여움도 두렵지 않을 텐데 그까짓 나이와 장애를 두려워하다니."

이수가 크게 웃으며 군홧발로 정진의 머리를 짓이겼다. 정진이 앓는 소리를 내며 더 이상 말하지 못하자, 이수는 흥미를 잃은 듯 다른 먹잇감을 찾아 사라졌다. 곧 멀리서 정진을 발견한 승하가 달려왔다.

"정진, 괜찮아요? 어깨를 깊이 찔린 것 같아요."

승하가 정진을 일으켜 세우며 말했다.

"어서 호루라기를 부십시오. 저자가 수용소 소장 이수입니다. 알려진 것보다 훨씬 더 강해요. 이대로라면 우리가 위험합니다. 어서 호루라기를 불어서 후퇴해야 합니다."

정진이 승하에게 호루라기를 건네며 재촉했다.

삐이이익—.

승하가 부는 호루라기 소리가 크게 울렸다. 전투를 치르던 전 대원들이 북쪽으로 내달릴 준비를 했다.

건물을 나온 엔리의 귀에도 호루라기 소리가 들렸

다. 감옥 정중앙 감시탑 꼭대기에서 켜진 탐조등이 후퇴하는 해방전선 대원들을 선명하게 비췄다. 엔리는 자청단이 해방전선 대원들을 공격하는 것을 보고는 아주아에게 가려다 멈춰 서서 등에 멘 석궁을 꺼내 들었다. 미리 장전한 화살을 한 단원에게 겨눠 방아쇠를 당기려는 그때, 엔리에게 다른 한 명이 눈에 띄었다.

혼자 갑옷을 입고 해방전선 대원들을 마구잡이로 찌르고 있는 사람, 이수였다. 이수는 엄마 아빠를 찌를 때와 똑같이 사람들이 죽어 가든, 피가 자신을 뒤덮든 상관없이 신이 난 얼굴이었다. 모든 것을 앗아 간 원수이자 갈기갈기 찢어도 시원치 않을 악마가 마침내 지척에 있었다. 엔리는 온몸을 떨면서도 천천히 이수를 향해 발을 옮겼다. 그러곤 떨림을 잠재우려 숨을 깊게 들이마시며 이수의 머리를 향해 석궁을 조준했다. 방아쇠에 손가락을 올린 엔리의 귓가에 습한 바람이 스쳤다. 그 음습함에 엔리의 손가락 근육이 찌릿했다.

'근육은 움직일 때가 써는 맛이 좋지.'

이수의 끈적한 목소리가 귀에 들리는 듯했다. 엔리가 흐트러진 호흡을 가다듬고 다시 방아쇠를 당기려는 그 순간, 이수가 엔리를 향해 고개를 돌렸다. 이수의 천연덕스러운 눈과 마주친 엔리는 부랴부랴 석궁을 조준하고 방아쇠를 당겼지만 화살은 이수의 눈 밑을 스쳐 지나갈 뿐이었다. 이수는 눈가의 피를 닦아 내며 방긋, 웃었다.

엔리가 팔을 후들거리면서도 다시 석궁을 쐈지만 이수는 쉽게 화살을 피하며 성큼성큼 엔리를 향해 걸어왔다. 엔리가 단검을 손에 들고 이수를 겨누자 이수는 양손에 들고 있던 칼 중 장검을 아무렇게나 바닥에 던져 버렸다. 엔리와 이수가 각자 단검을 쥐고 대치를 시작했다. 이수는 신중하게 공격할 틈을 보는 엔리의 얼굴을 뚫어지게 보더니, 이내 무언가 떠오른 듯 반갑게 말을 걸었다.

“역시 영광에서 죽였던 베트콩 무임들 자식인가 보군. 코는 이제 자리를 잡은 것 같고 눈알은 어떻지? 눈알을 좀 움직여 봐. 그렇게 부릅뜨면 안 좋아. 나를 쫓고 있다는 건 알았지만 정말 수용소까지 올 줄은 몰랐는걸. 입술이 썰려 없어져서 피투성이가 된 이빨로 벙긋대던 너희 엄마나, 제 코 좀 제발 썰어 가 주세요 하고 여기까지 찾아 들어온 너나, 글쎄 뭐라고 할까. 베트남 종족은 멍청하다고 해야 할까? 순혈인 너희 아빠는 어쩌다 무임이 친 덫에 걸렸을까?"

이수가 눈 한번 깜박이지 않고 엔리를 보며 말했다. 마치 눈으로 낙인을 찍는 것 같았다.

"그 입 닥쳐. 너 같은 짐승 새끼가 입에 담을 분들 아니야."

엔리가 심장이 터질 듯한 격노에 휩싸인 채 겨우 말을 이어 나갔다.

"분들? 아직도 부모라는 작자들을 편들고 있다니 정신을 못 차렸군. 임신을 하면 안 되는 무임들 주제에 자식을 낳은 게 네 부모라는 작자들이야. 넌 무임 자식으로 태어났기 때문에 자동으로 무임이 된 거라고. 부모를 원망해도 모자랄 판에 분들이라니, 크크크."

이수가 웃음을 참지 못하며 말했다.

"닥치라고 했지."

엔리가 이수에게 단검을 겨누며 고함쳤다.

"패기는 인정해 주지. 근데 동남아 피가 섞인 미개한 무임 주제에 날 어떻게 상대하려고?"

이수가 엔리의 칼을 쳐 내며 말했다. 엔리는 그 틈에 이수의 품을 파고들어 이수의 목을 노리며 칼을 뻗었다. 이수가 몸 전체에 보호대를 찬 탓에 칼이 들어갈 곳은 얼굴과 목뿐이었다.

이수는 엔리의 칼을 가볍게 피하고는 제대로 공격해 보라는 듯 손짓했다. 엔리가 다시 이수의 목덜미를 향해 칼을 내질렀지만 이수는 덥석 엔리의 손목을 잡아 비틀어 버렸다. 그런 뒤 비명을 지르는 엔리의 목을 한 손으로 쥐어 엔리를 위로 들어 올렸다. 칼을 놓친 엔리가 캑캑대며 이수의 손을 주먹으로 쳤지만 이수는 끄떡도 하지 않았다.

"영광으로 생각해야지. 무임승차자 주제에 순혈인 내 손에 숨통이 끊어지는 걸."

이수가 피가 빨갛게 몰린 엔리의 얼굴을 올려다보면서 이죽거렸다. 엔리의 입술이 새파랗게 질려 가고 있었다.

휘이익.

칼 한 자루가 이수에게 날아들었다. 사라가 던진 칼이었다. 칼이 정확하게 이수의 귀를 잘라 내 이수의 귀가 있던 자리에서 피가 흘러내렸다. 이수는 흐르는 피가 아니라 잘려 나간 귀에 혼비백산하며 엔리를 내동댕이쳤다. 엔리가 검을 집어 들고 이수를 찌르려 했지만 이수가 방해하지 말라는 듯 휘두른 주먹에 배를 맞고 나가떨어졌다.

이번에는 화살이 날아들었다. 해솔이 쏜 화살은 이수를 맞히지 못하고 근처에 떨어졌다. 이수는 칼과 화살이 날아온 방향을 돌아봤다. 그리 멀지 않은 곳에 해방전선의 녹색 전투복을 입고 있는 사라와 자청단 제복을 입은 해솔이 칼과 활을 겨누고 있었다. 둘을 본 이수의 얼굴 주름들이 쉴 새 없이 움직였다.

"자청단, 모두 저 둘을 잡아라. 무임과 붙어먹고 우리의 등 뒤에 칼을 꽂은 배신자들이다!"

얼굴빛이 붉으락푸르락 달아오른 이수가 주변에 있던 자청단 단원들에게 큰 소리로 명령했다. 엔리는 이수의 목을 찌르려고 다시 한번 접근했지만 이수는 뒤를 보지도 않고 뒤차기로 엔리를 날려 버렸다.

"엔리야, 도망가!"

사라가 고함쳤다. 세 명의 자청단 단원과 이수가 사라와 해솔을 향해 달려들었고, 해방전선 대원들은 후퇴를 멈추고 사라를 쫓는 자청단을 다시 공격해 댔다. 그 틈에 사라와 해솔은 여자들이 모여 있는 건물을 향해 달렸고, 엔리는 이를 부득부득 갈며 수용소 정중앙의 감시탑을 향해 내달렸다.

"저 건물이에요. 어린 여자들이 있는 곳."

해솔의 말에 사라는 빨간 벽돌 건물을 올려다봤다. 건물은 겉으로 봤을 때는 수용소의 다른 건물들과 비슷해 보였지만, 자세히 보니 건물 외벽에 창문이 하나도 없고 이 난리 중에도 굳게 닫힌 문을 드나드는 사람이 없다는 게 이상했다.

사라는 곧바로 칼등을 내리쳐 잠겨 있는 출입문을 부수려고 했지만 철로 된 문은 열릴 기미가 보이지 않았다. 안 되겠다 싶어 둘이 건물 뒤편으로 돌아가자 다행히 2층 높이에 창문이 하나 나 있었다. 사라는 조급하게 해솔의 목마를 타고 열린 창문 안으로 기어들어 갔다.

해솔은 사라가 그 와중에 떨어뜨린 복면을 집어 들었다. 복면에는 해방전선의 상징인 세찬 파도가 하얗게 수놓여 있었다. 해솔은 자청단 제복인 검은색 재킷을 벗어 던져 버리고 재빨리 해방전선 복면을 썼다. 어깨를 누르던 돌덩이를 내려놓은 듯 후련해진 해솔은 엔리와 아주아가 있을 연못 감옥으로 빠르게 내달렸다.

사라가 들어간 건물 안은 촛불 하나 없어 캄캄할 뿐만 아니라 알코올 냄새가 지독하게 스며들어 있었다.

사라는 미세하게 신음 소리가 들려오는 1층을 향해 빠르게 내려갔다.

"제발 살려 주세요."

난데없이 나타난 팔이 사라의 발목을 감았다. 여자는 한쪽 볼이 함몰되어 있었다.

"담이…… 담이라고 아세요? 오른발이 불편한 스물한 살 여자애예요."

사라의 간곡한 물음에 여자는 모르겠다며 고개를 저었다. 사라는 여자가 발목을 놓아줄 것 같지 않자 안 되겠다 싶어 여자를 일으켜 세웠다. 여자는 자리에서 일어서기만 할 뿐 한쪽 발목에 채워진 쇠사슬로 만들어진 족쇄 때문에 더 이상 걸어 나오지 못했다. 족쇄에 달린 쇠사슬은 우뚝 솟아 있는 쇠기둥에 연결되어 있었다.

"족쇄 열쇠 어디 있어요? 제가 풀어 드릴게요."

사라가 다급하게 물었다.

"열쇠는 없고 대신 도끼가 있어요. 저희를 고문할 때 쓰는……."

여자가 출입문 쪽 벽을 가리켰다.

사라는 곧장 벽으로 달려갔지만 너무 어두워서

뭐가 어디에 있는지 알 수 없었다. 한참을 손으로 더듬거리며 짚은 끝에야 여자가 말한 도끼를 찾아낼 수 있었다. 도끼 세 개를 꺼내서 다시 여자에게 돌아온 사라는 여자와 함께 도끼로 족쇄를 내리치기 시작했다. 캉캉, 소리가 건물 안에 메아리치자 곳곳에서 신음 소리가 들려왔다. 그 소리에 사라가 담이를 찾으려고 일어서자 어둠 속에서 또 다른 손이 사라의 어깨를 잡아 세웠다. 여자의 얼굴에는 코가 있어야 할 자리에 피떡이 붙어 있었고 그 옆에는 종이에 그린 코가 달랑달랑 달려 있었다. 사라가 남은 도끼 하나를 여자에게 건넸다.

"담이⋯⋯ 담이는 저쪽 끝에 있어요."

여자가 힘없는 목소리로 말했다. 사라는 여자의 말을 듣자마자 복도 끝을 향해 달려갔다.

"담이야!"

사라가 크게 부르짖었다.

"사라⋯⋯?"

어둠 속에서 담이의 목소리가 들렸다. 사라가 담이의 목소리를 따라 어둠 속에 손을 가져다 댔다. 사라의 손끝에 만져지는 담이의 얼굴은 마르고 푸석푸석

했지만 이마와 콧방울, 입술은 담이가 분명했다. 둘은 한동안 끌어안고 눈물을 흘렸다.

"담이야! 내가 족쇄 부숴 줄게. 잠시만 기다려 줘."

사라가 도끼를 있는 힘껏 휘둘렀다. 몇 번 잘못 내리치는 바람에 담이는 다리를 재빨리 피해야만 했다. 힘이 빠져 도끼를 내려놓은 사라는 다시 고문 도구가 있던 출입문 옆 벽을 향해 달려갔다. 벽이 너무 어두워 어떤 도구가 있는지 알 수 없자 사라는 지체하지 않고 출입문을 열기로 했다. 다른 잠금장치는 없는지 출입문은 걸쇠를 풀자마자 양쪽으로 열렸다.

바깥의 빛이 건물 안으로 들어왔다. 건물 안에는 발목에 쇠사슬이 채워진 젊은 여자들이 있었다. 고문의 흔적으로 어디 한 군데가 부러져 있거나 잘려 있는 여자들의 모습은 마치 불에 지져진 쇠꼬챙이 같았다. 족히 스무 명은 되어 보이는 여자들 중 임신해 배가 불룩한 여자들도 여럿 있었다. 사라는 벽에 걸려 있는 모든 고문 도구를 꺼내서 여자들에게 던져 주고서 톱을 들고 담이를 향해 뛰어갔다.

철문이 열리는 소리에 이수가 건물 쪽으로 고개를 홱 돌렸다. 눈에 불을 켜고 사라와 해솔을 찾던 이수가 건물에서 풍겨 오는 침입자의 냄새를 맡았다.

사라는 이수가 자신을 향해 오고 있다는 것도 모른 채 담이의 발목에 채워진 족쇄를 톱으로 자르느라 여념이 없었다. 사라는 울고 있었다. 몇 년 만에 드디어 담이를 만났다는 기쁨과 담이가 겪었을 끔찍한 일들에 대한 슬픔이 뒤섞여 있었다.

찰캉—.

드디어 족쇄가 풀렸다.

“미안해, 이제야 와서……. 빨리 도망가자.”

사라의 말에 담이가 고개를 끄덕였다. 사라는 담이의 손을 잡고 건물 입구를 향해 달렸다. 갇혀 있었던 여자들 중 몇 명은 이미 밖으로 도망친 상태였고 다른 몇 명은 줄톱과 절단기, 도끼로 족쇄를 풀기 위해 애쓰고 있었다. 사라와 담이가 건물 밖으로 나오자 이수가 둘을 막아섰다.

“이담과 진사라. 둘은 어떤 사이야?”

이수가 손을 잡고 있는 사라와 담이를 칼로 가르며 물었다.

“젠장! 담아, 너부터 도망가. 저기 저 녹색 옷을 입은 사람들만 따라가면 돼.”

사라가 담이를 잡고 있던 손을 놓으며 말했다. 담이가 싫다고 했지만 사라는 단호했다.

"나도 곧 갈 테니까 빨리 저 사람들 따라가. 어서!"

사라가 북쪽으로 후퇴하는 해방전선을 가리키며 말했다. 이수의 눈은 그런 사라와 담이를 소꿉장난하는 아이들을 귀엽게 바라보듯 초승달처럼 웃고 있었다.

"진사라, 나한테 칼을 겨누려고? 난 같은 순혈에게 절망이 아닌 희망을 줄 생각인데."

이수가 너그러운 목소리로 말했다. 사라는 당장 이수를 찌르고 싶은 마음을 억누르며 담이에게 도망치라고 재촉했다.

"장애인인 순혈이 살아가기에 밖은 너무 위험하지. 여기서 자청단의 보호를 받는 게 더 안전하다는 거 알지 않나? 그런데도 정 가고 싶으면 둘이 같이 가. 의족도 없는 순혈과 발목이 다 돌아간 순혈이 얼마나 잘 달리는지 저 잡종들한테 보여 줘. 우리 순혈의 우월함을 보여 주라고. 대신 달리기가 느린 한 명은 내 칼에 맞을 거야. 내가 또 칼 하나는 잘 던지거든."

이수의 인자한 말투에 사라와 담이가 오한을 느꼈다.

"준비됐어? 그럼 달려 봐. 한 명은 무조건 살 수 있는 거야."

이수가 주춤대는 둘을 다그쳤다. 사라와 담이가 서로 눈을 맞췄다. 담이는 싫다며 고개를 저었지만 사라는 담이의 손을 잡고 해방전선 단원들이 있는 곳을 향해 달려 나갔다. 발목의 뼈가 뒤틀린 사라의 속도도 느렸지만 쇠사슬에 묶여 있었던 담이의 달리기 속도는 걷는 것과 비슷했다. 이수가 더 빨리, 더 용감하게 뛰라며 둘을 응원했다.

"사라야, 고마워……. 끝까지 살아 줘."

담이가 흐느끼며 사라의 손을 놓았다. 담이가 멈춰 서자 사라는 즉각 뒤를 돌아 이수를 바라봤다. 이수는 폴짝폴짝 뛰면서 칼을 정확하게 던지려고 조준하고 있었다. 사라가 담이를 양손으로 있는 힘껏 밀쳐 냈다. 담이가 중심을 잃고 넘어지자마자 이수의 칼이 바람을 가르고 날아왔다. 칼은 사라의 가슴에 깊게 박혔다.

"내가 고마워. 살아 있어 줘서. 앞으로도 꼭……."

사라가 피를 토하며 말했다. 담이는 쓰러진 사라를 일으키려 했지만 사라는 더 이상 움직이지 않았다.

멀리서 둘을 지켜보는 이수의 호탕한 웃음소리와 울부짖는 담이의 울음소리가 사위를 메웠다.

연못 감옥에 갇혀 있는 아주아는 온 힘을 다해 수면 위로 고개를 내밀었다. 썩은 물이 눈에 들어가서 앞이 흐렸지만 꼭 누군가가 연못 위에 설치된 대나무 창살을 발로 차는 것 같았다. 그러나 자신을 부르는 목소리에 대답하려던 아주아는 힘이 빠져 버려 다시 물속으로 끌려 내려가고 말았다.

"아주아! 잠깐만, 내가 빨리 꺼내 줄게!"

엔리가 발로 대나무 창살을 부수며 외쳤다. 대나무 창살은 땅속에 묻혀 있는 데다 단단해서 한 번에 부술 수도, 제거할 수도 없었지만 엔리는 포기하지 않았다. 발의 감각이 무뎌질 무렵 대나무들이 조금씩 갈라져 갔다. 엔리는 갈라진 대나무 창살 사이로 손을 넣어 물속에서 아주아를 찾기 시작했다. 둥둥 떠다니는 이물질 사이로 아주아의 손을 잡아 끌어올리는 순간이었다.

쉬이익—.

화살이 엔리를 향해 날아왔다. 연못 감옥 옆의 감

시탑 안에 숨어 있던 자청단 단원이 엔리를 향해 화살을 쏘고 있었다. 다시 쉬이익, 화살이 엔리를 겨냥하며 날아오자 엔리는 아주아의 손을 놓치고 말았다.

"아주아! 저 쥐새끼 같은 놈을 처리하고 올게! 조금만 더 버텨 줘. 내 말 듣고 있지?"

엔리가 물속으로 빨려 들어간 아주아에게 말하자 물속에서 공기 방울이 올라왔다.

엔리의 발소리를 들은 단원이 다시 화살을 쏘기 시작했다. 엔리는 화살을 피해 소나무 뒤에 숨어 허리춤에 차고 있던 단검을 꺼내 쥐고 감시탑에서 단원이 나오기를 기다렸다. 단원은 밖이 조용해진 것이 이상하다 싶었는지 슬며시 감시탑을 걸어 나왔다. 엔리는 검은색 제복이 보이자마자 망설임 없이 칼을 내질렀다. 단원은 몸을 굽혀 칼을 잽싸게 피하고서 엔리를 훑겨봤다. 몸집이 큰 단원은 엔리 또래로 보였다.

"위대하신 천명 님을 따르지 않아 불행해진 순혈이군."

엔리의 얼굴을 살펴보던 단원이 심판하듯 말했다. 엔리는 단원을 빨리 해치우고 아주아를 구할 생각에 아무 말도 하지 않았다. 단원이 검집에서 또 하나의 장검을 꺼내려는 틈에 엔리가 단검을 휘두르며 단원을 공격했다. 엔리는 몸을 잽싸게 피하는 단원에게 발을 걸었지만 도리어 단원의 군홧발에 발이 짓이겨지고 말았다.

"천명 님을 숭배해라. 우리의 안전과 행복을 위하는 천명 님의 위대한 뜻을 저버리지 마라. 무임이 되고 싶지 않으면."

단원이 주저앉은 엔리에게 호령했다. 엔리는 반동으로 몸을 재빨리 일으켜 단검으로 단원의 정강이를 세게 찔렀다. 정강이를 찔린 단원은 엔리를 밟았던 발을 풀며 피를 털어 냈다.

"기회를 놓치다니 불쌍하군."

단원이 진심으로 안타까워하는 표정으로 말하고서는 장검을 휘두르며 엔리를 압박해 왔다. 엔리는 칼을 피하는 동시에 몸을 최대한 숙이고 단원에게 뛰어들었다. 단검의 끝이 단원의 명치를 찔렀다. 순간 칼을 놓친 단원이 주먹으로 엔리의 등을 가격했지만 엔리는 칼을 놓지 않았다. 그런 다음 단원의 얼굴을 보지 않으려 고개를 푹 숙인 채로 칼을 더 깊게 쑤셔 넣었다. 쑤욱, 엔리가 칼을 뽑자 단원의 배에서 피가 솟구쳐 나왔다. 멍치를 잡고 뒤로 쓰러진 단원 근처 흙이 축축하게 젖어 갔다.

엔리는 다시 아주아가 있는 연못으로 달려갔다.

"아주아! 내가 왔어! 엔리 언니가 왔다고!"

엔리는 벌어진 창살 틈을 손으로 벌리며 아주아를 불렀다. 악취가 진동하는 물에서는 아무런 반응이 없었다.

"아주아! 내 목소리 들리면 대답해!"

엔리가 다시 아주아를 부르며 창살을 발로 부쉈다. 사람 한 명이 들어갈 수 있을 정도로 구멍이 생기자 엔리는 곧장 연못 속으로 들어갔다.

눈앞에는 아무것도 보이지 않았지만 엔리는 양팔을 휘저으며 연못 바닥을 향해 점점 더 내려갔다. 가빠 오는 숨을 꾹 참아 내며 한참을 내려가던 엔리의 코와 귀에 썩은 물이 들어왔다. 우물 바닥에 가까워진 엔리의 손에 무언가 닿았다. 까끌까끌하게 파여 있는 피부, 낙인이 찍힌 뺨이었다. 엔리는 그 뺨을 따라서 얼굴을 만져 보았다. 조그마한 아이, 아주아가 분명했다. 엔리는 손목에 묶은 빨간 천을 풀어 자신의 손목과 아주아의 손목을 이어 묶었다. 그러고서 아주아의 몸을 끌어안고 연못 위를 향해 발을 힘차게 찼다.

연못 밖으로 나온 엔리는 땅에 박혀 있는 창살 걸이에 발을 고정시켰다. 몸은 이미 쓰러질 듯 지친 상태였지만 아주아를 끌어올리려 안간힘을 썼다. 아주아의 입이 푸르게 변하고 있었다. 창살 걸이에 고정한 발이 후들거려 아주아를 놓칠 뻔한 엔리는 등에 메고 있던 석궁의 활대를 꺼냈다. 활대를 창살 걸이에 걸어 고정시켜 잡고서는 다시 아주아를 끌어올렸다. 창살 걸이가 무게를 견디지 못하고 덜렁거렸다. 엔리는 온몸의 피를 손끝으로 보내듯 힘을 다해 아주아를 연못 밖으로 잡아당겼다. 그러자 아주아가 천천히 연못 밖으로 올라왔다.

힘없이 축 늘어진 아주아를 본 엔리는 심장이 털썩 내려앉는 것만 같았다. 엔리는 당장 아주아의 입에서 물을 빼고 숨을 쉬는지 확인하며, 이 작은 아이가 자신을 구하기 위해 쇠사슬까지 묶어 가며 끌어당겨 줬던 때를 떠올렸다. 아주아가 아니었다면 자신은 에어컨 실외기에 깔려 살아남지 못했을 터였다. 살려 줘서 고맙다는 말도 없이 화만 낸 자신을 미워하지도 않았던 아주아의 발랄한 얼굴이 어른거렸다.

엔리는 아주아의 심장박동이 잘 느껴지지 않자 고개를 뒤로 젖혀 기도를 확보한 뒤 가슴을 압박하기 시작했다. 그러기를 몇 번, 파랗게 질려 있던 아주아의 입술에 핏기가 돌기 시작했다. 아주아가 콜록거리며 물을 토해 냈다.

"언니……?"

눈을 뜬 아주아가 힘겹게 말했다.

"아주아야, 괜찮아? 괜찮은 거지? 미안해. 이제야 와서 미안해. 손을 놓쳐서 미안해."

눈물범벅인 엔리가 아주아를 꼭 끌어안으며 말했다.

"엔리 언니 맞아?"

아주아가 미처 눈을 제대로 뜨지 못한 채 엔리에게 물었다.

"나야, 엔리 언니야. 숨 쉬는 거 괜찮아? 어디 아픈 데는 없어? 여기서 혼자 얼마나 힘들었어."

"엔리 언니, 나 너무 무서웠어. 나 폐가 너무 아팠어. 죽는 줄 알았어. 언니……."

아주아가 힘없이 울먹이며 말했다.

"이제 괜찮을 거야. 내가 지켜 줄게. 절대 손을 놓

지 않을게."

엔리가 상처가 가득한 아주아의 얼굴을 닦아 주며 말했다.

"그럼 매일 나랑 같이 놀아 줄 거야?"

아주아가 광대뼈를 슬쩍 움직이며 말했다.

"당연하지. 내가 매일 놀아 줄게. 우선 빨리 도망가자."

엔리가 아주아를 일으켜 세웠다. 그런 둘을 향해 팔에 화살을 맞은 해솔이 걸어오고 있었다.

갑작스럽게 스콜이 내리기 시작했다.

엔리는 아주아의 손을 꼭 잡고 감옥의 북쪽, 안산을 향해 달렸고 해솔은 둘을 뒤따랐다. 북쪽 담 앞에 쌓인 흙더미는 퍼붓는 비 때문에 당장이라도 무너져 내릴 듯했다. 다른 선택지가 없는 해방전선은 무너진 흙더미를 밟고 안산을 기어올랐지만 비 때문에 흙이 진흙이 되어 미끄러워서 오르는 속도가 느렸다. 엔리는 북쪽 담을 넘어 안산으로 올라가는 해방전선 대원들 중, 승하와 민주가 끌어올리고 있는 여자가 누구인지 살폈다. 오른쪽 다리가 짧은 여자, 담이었다. 엔리는 담이 옆에 있어야 할 사라를 찾았지만 어째선지 사라는 보이지 않았다.

몸무게가 가벼운 아주아는 흘러내리는 토사 위를 가볍게 올라갔지만 엔리는 발이 자꾸만 밑으로 내려가는 바람에 산을 오르는 게 버거웠다. 등 뒤에서 화살이 날아오자 엔리가 고개를 돌렸다. 자청단 단원들이 빗줄기를 뚫고 들개처럼 으르렁대며 뛰어오고 있었다. 그 뒤에는 태평한 걸음으로 산을 향해 걸어오는 이수가 보였다. 엔리는 당장이라도 저 괴물을 죽여 버리고 싶었지만 이수 앞에 서기도 전에 자청단 단원들의 화살에 맞을 게 뻔해 뒤로 돌아갈 수 없었다. 그렇다고 멀쩡히 살아 있는 이수를 두고 또다시 도망칠 수도 없어 산 위로 올라가지도 못한 채 이수를 노려보며 서 있었다.

이수는 엔리가 사정거리 안에 들어오자 군화 속에 보관했던 천명의 보물인 권총을 꺼내 들었다. 머뭇거리고 있던 엔리는 총을 보고 필사적으로 팔을 위로 뻗어 바위에 매달렸다. 한 걸음씩 위로 올라가는 엔리를 향해 이수의 총알이 날아왔다. 엔리는 몸을 비틀어 총알을 피하며 언덕 위로 기어올라 갔다. 앞을 보기도 힘들게 내리는 비에 엔리를 향하는 총알과 화살이 길을 잃고 흙 속에 꽂혀 들어갔다.

해방전선 대원들은 마지막으로 엔리가 올라온 것을 확인하고 산 아래에 설치해 놓은 폭탄과 연결된 심지에 불을 붙였다. 폭탄이 터지면 자청단이 더 이상 쫓아오지는 못할 터였지만 심지는 줄기차게 내리는 비 때문에 번번이 꺼지고 말았다. 해방전선 대원들이 앞다퉈서 내는 의견은 땅을 울리는 천둥소리 때문에 서로에게 닿지 않았다.

휘이익—.

동쪽에서 화살이 쏟아지기 시작했다. 서대문 수용소 습격 전보를 받고 북한산에서 철수한 기혁 무리였다. 엔리는 폭탄을 포기하고 홍제강을 향해 도망치려던 해방전선 대원들에게 무어라 크게 소리쳤다. 산을 넘어가던 승하는 엔리가 무슨 말을 하는지 몰랐지만 엔리의 굳건한 표정에 고개를 끄덕였다. 그러자 엔리가 석궁으로 폭탄이 있는 산 아래를 겨눴다. 엔리는 빗줄기에도 맹렬하게 눈을 부릅뜨고 폭탄을 향해 방아쇠를 당겼다. 굵은 빗발을 헤집고 날아가던 화살이 폭탄을 정확하게 꿰뚫었다.

콰과광.

산을 오르는 자청단 단원들 한가운데서 폭탄이 굉음을 내며 폭발했다. 산이 우르르, 진동했지만 엔리는 똑바로 선 채 폭탄 연기 속에서 이수를 찾으려 애썼다. 북쪽으로 달리던 해방전선 대원들 중 활을 가진 이들이 엔리처럼 산 아래에 설치한 폭탄을 향해 화살을 쏘았다. 콰과광 하고 폭탄이 연달아 터졌다.

엔리는 제 발 바로 앞의 흙이 무너지는 것도 모른 채, 보호대를 두른 이수의 모습을 한순간도 놓치지 않겠다는 듯 지켜봤다. 이수는 쓸려 가는 토사에 떠밀려 담벼락으로 끌려 내려가고 있었다. 흙더미가 눈과 코, 입을 덮어 대자 이수는 파묻히지 않으려고 악착같이 흙더미를 헤치며 고개를 내밀었다. 밀려오는 토사에 휩쓸린 이수가 수용소 담벼락에 부딪혔다. 그의 목이 힘없이 꺾였다. 엔리가 이수의 죽음을 확인하려고 아래쪽으로 향하려는 순간, 누군가 엔리를 확 잡아끌었다.

"어디 가! 산이 무너지고 있어!"

해솔이었다. 엔리는 해솔에게 끌려가면서도 흙 속의 이수가 움직이지는 않는지 몇 번이고 뒤를 돌아보며 확인했다. 그리고 그의 죽음을 똑똑히 눈에 새겼다. 토사는 담장을 부수며 산 아래의 죽은 자와 산 자 모두를 서대문 수용소 안으로 쓸려 보냈다. 갑작스럽게 수위가 상승한 서대문천의 물까지 수용소 안으로 넘쳐 들어오자 금세 서대문 수용소가 흙과 물로 잠겼다. 비명이라도 지르듯 자청단 단원들이 입을 빼끔댔지만 매서운 빗소리 말고는 어떤 소리도 들려오지 않았다. 엔리는 삶의 마지막 순간에야 소리칠 수 있었던, 무너지는 아파트에서 떨어지던 사람들을 떠올리며, 자청단 단원들이 목소리를 잃고 끝을 맞이하는 장면을 지켜봤다.

11 살아남은 자들

뗏목 두 대가 해방전선 본부가 있는 비무장지대를 향해 나아가고 있었다. 뗏목에는 녹색 해방전선 전투복을 입은 사람 열두 명과 회색 죄수복을 입은 사람 마흔 명이 타고 있었다.

서대문 수용소 습격으로 인한 해방전선의 피해는 극심했다. 총 스물다섯 명의 대원 중 사라를 포함한 열세 명이 목숨을 잃었고 남아 있는 열두 명도 부상을 입지 않은 사람이 없을 정도였다. 서대문 수용소에서 탈출한 사람들은 추측하기로 500명 정도였고 그중에서 마흔 명이 해방전선과 함께하고 싶다고 뜻을 밝혔다. 그들의 눈빛엔 이제 막 태어난 듯한 생기가 서려 있었다.

사람들이 많이 탄 탓에 뗏목은 물에 잠길 듯 말 듯 했지만 하얀 가운을 입은 카밀라는 수술 도구를 든 채 분주하게 돌아다녔다. 응급처치를 마친 정진과 해솔 등 많은 사람들이 줄지어 봉합수술을 기다리고 있었다. 엔리는 직접 아주아의 얼굴과 무릎 상처를 치료한 뒤 아주아에게 무릎베개를 해 줬다.

"아주아, 혹시 먹고 싶은 거 있어?"

엔리가 아주아의 이마를 쓰다듬으며 물었다. 아주아는 얼마나 못 먹었는지 이마뼈가 툭 튀어나와 있었다.

"뭐, 하나를 꼭 말해야 한다면 하얀 가루가 묻어 있던 빨간 열매? 언니 손목에 있는 이 빨간 천이랑 색깔이 똑같았던 거 있잖아. 그거 진짜 맛있었어. 아, 사라 언니가 줬던 그 물도 다시 마시고 싶어. 난 태어나서 그렇게 달콤한 물은 마셔 본 기억이 없는데 언니는 자주 마셔 봤어? 근데 사라 언니는 어디 갔어? 언니 얼굴이 왜 그래? 또 울고 싶어?"

아주아가 조잘대다 걱정스러운 얼굴로 물었다. 엔리는 괜찮다며 애써 웃었지만 사라의 얼굴이 아른거려

울컥한 건 어쩔 수 없었다. 엔리는 홍제강에 도착했을 때도 사라가 어디에도 보이지 않자 담이에게 사라는 어디 갔느냐고 물었지만, 담이는 넋이 나간 사람처럼 서대문 수용소 쪽만 보고 있을 뿐이었다. 엔리는 사라에게 좀 더 잘해 줄걸, 하는 후회에 마음이 타들어 갔다.

"울고 싶으면 울어, 언니. 나도 그 연못에서 많이 울었어. 그러면 썩은 물이 깨끗해지는 것 같고 오히려 좋던데……."

아주아가 엔리의 그렁그렁한 눈을 만지며 말했다. 아주아의 천진난만한 목소리를 들으니 엔리의 입가에 희미하게나마 미소가 지어졌다.

"몸 상태가 괜찮으신 분들 손 좀 들어 주세요. 뗏목에 사람들이 많이 타서 속도가 너무 느립니다. 저희를 끝까지 쫓아올 자청단한테서 도망치려면 지금보다는 빨리 나아가야 해요. 중상을 입지 않으신 분들은 물속에 들어가서 뗏목을 좀 밀어 주셔야겠어요. 저도 당연히 물속으로 들어갈 거고요."

승하가 뗏목 두 대를 아우르며 말했다. 그러자 여기저기서 사람들이 손을 들었다. 거기에는 엔리와 아주아, 해솔, 민주가 포함되어 있었다.

"아주아, 너는 좀 쉬어. 여기 가만히 누워서 몸도 말리고 있고. 이번엔 내가 통조림 가지고 올라올 테니까 엔리 언니가 무슨 통조림을 가지고 올까 신나게 기다리고 있어."

엔리가 아주아의 번쩍 든 손을 내리며 말했다. 아주아는 입이 툭, 튀어나왔지만 엔리가 통조림 얘길 하자 고개를 끄덕였다.

물속에는 온갖 쓰레기가 떠다니고 있었다. 엔리는 뗏목에 연결된 노끈을 잡고서 건물 폐자재와 플라스틱 병, 찢어진 옷, 낚시 그물 따위를 피해 앞으로 나아갔다. 전투에서 다치지 않은 승하를 포함한 다른 대원들과 수용소에서 탈출한 사람들도 노끈을 끌며 헤엄쳤다. 엔리는 물의 짠맛이 강해지는 것으로 보아 점점 서울과 멀어지고 있음을 알아차리고 안도하며, 비무장지대에 도착하면 사라와 함께했던 훈련을 이어 나갈 계획을 세웠다.

부유물을 가르며 나아가던 엔리의 손끝에 뭔가가 걸렸다. 뗏목을 끌면서도 통조림만 보이면 집어 들었던 엔리는 또 빈 통조림일 거라 생각했지만 이번에는 아니었다. 몇 겹의 비닐로 포장되어 있는 플라스틱 통이었다. 엔리가 통을 쏜살같이 낚아채서 수면 위로 고개를 들어 올렸다. 뗏목 위에서 아주아와 아이들이 깔깔거리는 웃음소리가 들려왔다.

"아주아야, 내가 뭘 찾았게?"

빨간 열매가 그려져 있는 통을 높이 들고서 아주아를 부르는 엔리의 모습은 한 마리 고래와도 닮아 보였다.

떠오르는 해가 세차게 일어나는 파도를 붉게 비췄다.

작가의 말

2020년에 저는 참 오랫동안 집 안에 있었습니다. 코로나19 대유행으로 불필요한 외출이 금지되어 있기도 했지만, 아시아인에 대한 인종차별이 늘어나면서 제가 살고 있는 베를린이 더 이상 안전하지 않게 느껴졌기 때문입니다.

그 불안한 시간 동안 독일 어느 숲에서 쫓기는 이방인들의 이야기를 떠올렸다가, 근미래 한국을 배경으로 한 《살아남은 자들》을 쓰게 되었습니다. 처음으로 책을 출간하다 보니 마지막 마침표를 찍기 직전까지 사실 많이 헤맸습니다. 글을 쓰는 내내 저의 부족함을 깨닫기도 했고, 이야기가 얼마나 다양한 길로, 얼마나 깊은 물 속으로 나아갈 수 있는지도 배울 수 있었습니다.

아직 작가라고 불리는 것이 어색하긴 하지만 작가라고 불리는 건 참 좋습니다. 앞으로 어떤 이야기에 마음이 이끌려 글을 쓰게 될지 신나고 기대되기도 합니다. 그 무수한 길의 변곡점에 도달하기 위해서 앞으로 끊임없이 발을 움직여 보려고 합니다.

길을 잃지 않게 함께 걸어 주신 고혜원 PD님, 책이 나오기까지 큰 노력을 들여 주신 안전가옥 퍼블리싱팀과 PD님들, 이야기가 나아가야 할 길을 제시해 주신 홍석인, 서미애, 김선민 작가님, 아낌없이 지지해 주고 아이디어를 끌어내 주신 박상준 님, 묵묵히 지켜봐 주고 힘을 준 가족과 친지, 친구들, 이 이야기의 세계관이 판타지로 남을 수 있도록 지금 이 순간에도 행동하고 계시는 분들에게 햇빛 가득 담은 감사를 전합니다.

2023년의 봄의 시작에서

홍파랑 드림

프로듀서의 말

한국콘텐츠진흥원과 안전가옥의 '2022 신진 스토리 작가 육성 지원 사업'을 통해 발굴된 신진 작가님들의 작품들이 안전가옥의 새로운 라인업 '노크'의 포문을 엽니다. 2022년 5월부터 3개월간, 단독으로 소설 단행본을 출간한 적이 없는 창작자들을 대상으로 모집했고, 제출하신 원고에 대한 심사와 면접 심사 등을 거쳐 여덟 명의 신진 작가님들을 선정하여 함께 프로젝트를 진행했습니다.

2022년 10월, 스릴러의 대가 서미애 작가님의 특강을 시작으로, 안전가옥 스토리 PD들과 일대일 멘토링이 진행되었습니다. 월 1회 현직 작가님들의 스릴러

작법 특강을 비롯하여 개별 작품 맞춤 피드백까지, 짧은 시간이지만 압축적으로 신진 작가님들의 원고를 갈고닦았습니다.

이번 프로젝트의 핵심 키워드는 '스릴러'로, 이 장르의 특징은 나의 평범했던 일상을 위협하는, 그래서 나의 삶이 변화할 수밖에 없는 지점을 긴장감 있게 다루는 것입니다. 이를 중심으로 다양한 장르와의 결합을 통해, 범죄 스릴러, SF 스릴러, 판타지 스릴러, 하이틴 스릴러 등 작품마다 차별점을 두었습니다.

이 중《살아남은 자들》은 SF 생존 스릴러로, 소수자이며 약자인 소녀 엔리가 근미래의 한국에서 살아남기 위해 투쟁하는 이야기입니다. 여러분들이 상상하시는 미래의 한국은 어떤 모습이신가요? 저는 홍파랑 작가님께서《살아남은 자들》속에서 구현해 주신 미래의 한국을 만나며 자연재해로 인해 국가가 무너지고, 국가가 무너지며 인간들이 자연보다 무서워지는 경험을 했는데요. 이 이야기를 프로듀싱하면서 이 세계관이 동시대성을 건드릴 수 있는 이야기여야 한다는 부분에 주안점을 두고 이야기를 기획 개발하기 시작했습니다. 다수의 속하면 포함되었다가, 소수에 속하게 되면 배제되는 일은 지금도 벌어지는 일이니까요. 이 이야기의 배경은 근미래의 한국이겠지만, 전달하고자 하는 메시지는 현재에도 통한다고 생각합니다. 그러기 위해 더욱 세밀하게 세계관을 구축해 나가야 했습니다. 그리고 더욱 위협이 곳곳에 도사리는 세계여야 했죠. 이렇게 고되고 거친 세계관 속에서 성장하는 엔리에게는 참으로 미안한 일입니다. 이러한 엔리의 여정에 함께해 주신 독자분들에게 감사드립니다.

그리고 마침내 주인공 엔리가 해방전선을 만나 복수할 수 있는 힘을 얻었던 것처럼, 이 이야기의 제목이 살아남은 자가 아니라 살아남은 자들인 것처럼, 모두가 영원한 소수자가 되지 않는 이 이야기를 완성해 주신 홍파랑 작가님의 다음 이야기를 응원합니다.

안전가옥 스토리 PD

고혜원 드림

노크 | 05

살아남은 자들

1판 1쇄 발행 2023년 4월 5일

지은이 홍파랑

기획 안전가옥
콘텐츠 총괄 이지향
프로듀서 고혜원
김보희, 신지민, 윤성훈, 이수인
이은진, 임미나, 조우리, 황찬주
퍼블리싱 박혜신, 임수빈
편집 양은경
디자인 박연미
서비스 디자인 김보영
비즈니스 이기훈
경영지원 홍연화

펴낸이 김홍익
펴낸곳 안전가옥
출판등록 제2018-000005호
주소 04779 서울특별시 성동구 뚝섬로1나길 5,
헤이그라운드 성수 시작점 201호
대표전화 (02) 461-0601
전자우편 marketing@safehouse.kr
홈페이지 safehouse.kr

ISBN 979-11-93024-02-7 (03810)

이 책은 한국콘텐츠진흥원 2022 신진 스토리 작가 육성 지원사업에 선정되어 발간되었습니다.